車

教科書でおぼえた名詩

文藝春秋編

文藝春秋

すぐれた人の書いた文章は、それを黙読翫《がん》味するばかりでなく、ときには心ゆくばかり声をあげて読んでみたい。われわれはあまりに黙読になれすぎた。文章を音読することは、愛なくてはかなわぬことだ。

島崎藤村《しまざきとうそん》

本書は、昭和二十年代から平成八年までの中学・高校の国語教科書・千五百冊あまりから厳選した愛唱詩歌集です。教科書には年代・出版社・編者、編集方針によって、同じ詩歌でも表記が異なっている場合があります。たとえば、宮沢賢治「雨ニモマケズ」の表題には「雨にも負けず」「雨にもまけず」「雨ニモ負ケズ」「雨ニモマケズ」と四種類の表記があり、また他の作品にも本来一行であるはずの部分が段組の都合で二行になっているものも散見されます。そこで本書では詩歌の自筆稿、初版、改訂版あるいは定本、全集等にさかのぼり、改行箇所・文字遣い・連の行あきを点検する作業を行ない、次のようにしました。

漢字の旧字は、作者名、固有名詞等の一部を除き新字体に、仮名は、旧仮名遣い、現代仮名遣いの表記ママとし、ふりがなは、編集部校注とし、現代仮名遣いで統一しました。

＊単行本　平成九年六月　文春ネスコ刊　文庫化にあたり一部改訂しました。

教科書でおぼえた名詩

目次

I

高村光太郎

道程　19
ぼろぼろな駝鳥　20
あどけない話　21
レモン哀歌　22
冬が来た　24

宮沢賢治

〔雨ニモマケズ〕　26
春　28
永訣の朝　29
曠原淑女　33

島崎藤村

小諸なる古城のほとり　36
椰子の実　37

土井晩翠
初恋　39
潮音　41
荒城月　42
星と花　43
夜　45
武者小路実篤
一個の人間　46
国木田独歩
山林に自由存す　48
釈沼空
独逸には　生れざりしも　50
高見順
天　53
伊東静雄
わがひとに与ふる哀歌　54
蒲原有明
歓楽　56
壺井繁治
熊　58
丸山薫
汽車にのつて　59
帆船の子　60

千家元麿
雁　62

Ⅱ
萩原朔太郎
旅上　67
こころ　68
月光と海月　69
竹　70

室生犀星
小景異情　72
ふるさと　73
寂しき春　74
朱の小箱　75
朝を愛す　76

山村暮鳥
雲　78
春の河　78

自分はいまこそ言はう　79
北原白秋　人間に与へる詩　80
落葉松　82
初恋　85
からたちの花　86
待ちぼうけ　87
中原中也　月夜の浜辺　90
サーカス　92
頑是ない歌　94
汚れつちまつた悲しみに……　98
薄田泣菫　ああ大和にしあらましかば　100
おもひで　101
立原道造　夢みたものは……　104
はじめてのものに　105

佐藤春夫　海辺の恋　107
少年の日　108
三好達治　雪　110
揚げ雲雀　110
鵞のうへ　111
草野心平　窓　112
作品第肆　114
八木重吉　素朴な琴　116
太陽　116
母をおもふ　117
河井酔茗　ゆづり葉　118

III

谷川俊太郎　二十億光年の孤独　123

大岡信　ひとりぼっち　124
中野重治　虫の夢　127
北川冬彦　歌　130
吉野弘　雑草　132
高田敏子　夕焼け　134
石垣りん　橋　138
長田弘　表札　140
金子光晴　世界は一冊の本　143
原民喜　富士　147
与謝野晶子　水ヲ下サイ　150
茨木のり子　君死にたまふこと勿れ　153
わたしが一番きれいだったとき　157
自分の感受性くらい　160

Ⅳ

俳句

松尾芭蕉 165
与謝蕪村 166
小林一茶 166
正岡子規 167
中村草田男 168
山口誓子 168
高浜虚子 168
河東碧梧桐 169
杉田久女 169
水原秋櫻子 170
中村汀女 170
夏目漱石 170
飯田蛇笏 171
西東三鬼 171
尾崎放哉 171
種田山頭火 172

短歌・他

正岡子規 173
若山牧水 173
北原白秋 174
石川啄木 174
伊藤左千夫 175
斎藤茂吉 175
島木赤彦 175
長塚節 176
釈迢空 176
与謝野晶子 176
木下利玄 177
近藤芳美 177
寺山修司 178
俵万智 178

万葉集

舒明天皇 179
額田王 180

持統天皇 180
志貴皇子 180
柿本人麻呂 180
山上憶良 181
山部赤人 181
大伴旅人 181
大伴家持 182
防人歌 182

古今和歌集・新古今和歌集・他

紀貫之 183
紀友則 183
小野小町 183
在原業平 184
猿丸大夫 184
崇徳院 184
良岑宗貞 184
和泉式部 185
大江千里 185
藤原敏行 185
阿倍仲麻呂 185
源宗于 186
在原行平 186
よみ人しらず 186
清原深養父 186
凡河内躬恒 187
藤原定家 187
平兼盛 187

壬生忠見　187
西行　188
良寛　188
梁塵秘抄　189

V

漢詩

孟浩然
春暁　193
杜甫
春望　194
絶句　195
李白
黄鶴楼にて孟浩然の広陵に之くを送る　196
峨眉山月の歌　197
早に白帝城を発す　198
静夜の思ひ　199
山中問答　200
子夜呉歌　201

柳宗元　**江雪**　202
王維　**竹里館**　203
（詩経）　**桃夭**　204
杜牧　**江南の春**　205
王翰　**涼州詞**　206
陶潜　**飲酒**　207
蘇軾　**春夜**　208
朱熹　**偶成**　209

Ⅵ

ブッセ　上田敏訳　**山のあなた**　213
ブラウニング　上田敏訳　**春の朝**　214
コクトオ　堀口大學訳　**耳**　215
シヤボン玉　215

ランボオ　永井荷風訳　そぞろあるき　216
ゲーテ　森鷗外訳　ミニヨンの歌　218
ワーヅワース　田部重治訳　ウェストミンスター橋上にて　220
リルケ　茅野蕭々訳　マリアへ少女の祈禱　222
ロルカ　小海永二訳　〔水よ、お前はどこへ行く？〕　224
ヴェルレエヌ　鈴木信太郎訳　都に雨の降るごとく　226
ヴェルレエヌ　上田敏訳　落葉　228

●出典及び参考文献　230
●うろおぼえ索引　233
●題名索引　巻末iii〜iv
●作者索引　巻末i〜ii

I

道程

高村光太郎

僕の前に道はない
僕の後ろに道は出来る
ああ、自然よ
父よ
僕を一人立ちにさせた広大な父よ
僕から目を離さないで守る事をせよ
常に父の気魄《きはく》を僕に充《み》たせよ
この遠い道程のため
この遠い道程のため

『道程』より

ぼろぼろな駝鳥

何が面白くて駝鳥を飼ふのだ。
動物園の四坪半のぬかるみの中では、
脚が大股過ぎるぢやないか。
頸があんまり長すぎるぢやないか。
雪の降る国にこれでは羽がぼろぼろ過ぎるぢやないか。
腹がへるから堅パンも食ふだらうが、
駝鳥の眼は遠くばかり見てゐるぢやないか。
身も世もない様に燃えてゐるぢやないか。
瑠璃色の風が今にも吹いて来るのを待ちかまへてゐるぢやないか。
あの小さな素朴な頭が無辺大の夢で逆《さか》まいてゐるぢやないか。
これはもう駝鳥ぢやないぢやないか。
人間よ、

もう止せ、こんな事は。

「猛獣篇」より

あどけない話

智恵子《ちえこ》は東京に空が無いといふ、
ほんとの空が見たいといふ。
私は驚いて空を見る。
桜若葉の間に在《あ》るのは、
切つても切れない
むかしなじみのきれいな空だ。
どんよりけむる地平のぼかしは
うすもも色の朝のしめりだ。
智恵子は遠くを見ながら言ふ。

阿多多羅山《あたたらやま》の山の上に
毎日出てゐる青い空が
智恵子のほんとの空だといふ。
あどけない空の話である。

『智恵子抄』より

レモン哀歌

そんなにもあなたはレモンを待つてゐた
かなしく白くあかるい死の床で
わたしの手からとつた一つのレモンを
あなたのきれいな歯ががりりと嚙《か》んだ
トパアズいろの香気が立つ
その数滴の天のものなるレモンの汁《しる》は

ぱつとあなたの意識を正常にした
あなたの青く澄んだ眼《め》がかすかに笑ふ
わたしの手を握るあなたの力の健康さよ
あなたの咽喉《のど》に嵐《あらし》はあるが
かういふ命の瀬戸ぎはに
智恵子《ちえこ》はもとの智恵子となり
生涯《しようがい》の愛を一瞬にかたむけた
それからひと時
昔山巓《さんてん》でしたやうな深呼吸を一つして
あなたの機関はそれなり止まつた
写真の前に挿《さ》した桜の花かげに
すずしく光るレモンを今日も置かう

『智恵子抄』より

冬が来た

きつぱりと冬が来た
八つ手の白い花も消え
公孫樹《いちよう》の木も箒《ほうき》になつた

きりきりともみ込むやうな冬が来た
人にいやがられる冬
草木に背かれ、虫類に逃げられる冬が来た

冬よ
僕に来い、僕に来い
僕は冬の力、冬は僕の餌食《えじき》だ

沁《し》み透れ、つきぬけ
火事を出せ、雪で埋めろ
刃物のやうな冬が来た

『道程』より

たかむら・こうたろう
（明治16〜昭和31＝1883〜1956）
東京都生まれ。詩集に『道程』『智恵子抄』などがある。

〔雨ニモマケズ〕

宮沢賢治

雨ニモマケズ
風ニモマケズ
雪ニモ夏ノ暑サニモマケヌ
丈夫ナカラダヲモチ
慾ハナク
決シテ瞋《いか》ラズ
イツモシヅカニワラッテヰル
一日ニ玄米四合ト
味噌《みそ》ト少シノ野菜ヲタベ
アラユルコトヲ
ジブンヲカンジョウニ入レズニ
ヨクミキキシワカリ

ソシテワスレズ
野原ノ松ノ林ノ蔭ノ
小サナ萱《かや》ブキノ小屋ニヰテ
東ニ病気ノコドモアレバ
行ッテ看病シテヤリ
西ニツカレタ母アレバ
行ッテソノ稲ノ束ヲ負ヒ
南ニ死ニサウナ人アレバ
行ッテコハガラナクテモイヽトイヒ
北ニケンクヮヤソショウガアレバ
ツマラナイカラヤメロトイヒ
ヒ*ドリノトキハナミダヲナガシ
サムサノナツハオロオロアルキ
ミンナニデクノボートヨバレ

ホメラレモセズ
クニモサレズ
サウイフモノニ
ワタシハ
ナリタイ

自筆の手帳より　＊手帳自筆ママの箇所

春（作品第七〇九番）

陽《ひ》が照って鳥が啼《な》き
あちこちの楢《なら》の林も、
けむるとき
ぎちぎちと鳴る　汚ない掌《て》を、
おれはこれからもつことになる

『春と修羅』第三集より

永訣《えいけつ》の朝

けふのうちに
とほくへいつてしまふわたくしのいもうとよ
みぞれがふつておもてはへんにあかるいのだ
（あめゆじゆとてちてけんじや）
うすあかくいつさう陰惨《いんざん》な雲から
みぞれはびちよびちよふつてくる
（あめゆじゆとてちてけんじや）
青い蓴菜《じゆんさい》のもやうのついた
これらふたつのかけた陶椀《とうわん》に
おまへがたべるあめゆきをとらうとして

わたくしはまがつたてつぽうだまのやうに
このくらいみぞれのなかに飛びだした
　（あめゆじゆとてちてけんじや）
蒼鉛《そうえん》いろの暗い雲から
みぞれはびちよびちよ沈んでくる
ああとし子
死ぬといふいまごろになつて
わたくしをいつしやうあかるくするために
こんなさつぱりした雪のひとわんを
おまへはわたくしにたのんだのだ
ありがたうわたくしのけなげないもうとよ
わたくしもまつすぐにすすんでいくから
　（あめゆじゆとてちてけんじや）
はげしいはげしい熱やあえぎのあひだから

おまへはわたくしにたのんだのだ
　銀河や太陽　気圏などとよばれたせかいの
そらからおちた雪のさいごのひとわんを……
…ふたきれのみかげせきざいに
みぞれはさびしくたまつてゐる
わたくしはそのうへにあぶなくたち
雪と水とのまつしろな二相系《にそうけい》をたもち
すきとほるつめたい雫《しずく》にみちた
このつややかな松のえだから
わたくしのやさしいいもうとの
さいごのたべものをもらつていかう
わたしたちがいつしよにそだつてきたあひだ
みなれたちやわんのこの藍《あい》のもやうにも
もうけふおまへはわかれてしまふ

(Ora Orade Shitori egumo)
ほんたうにけふおまへはわかれてしまふ
あああのとざされた病室の
くらいびやうぶやかやのなかに
やさしくあをじろく燃えてゐる
わたくしのけなげないもうとよ
この雪はどこをえらばうにも
あんまりどこもまつじろなのだ
あんなおそろしいみだれたそらから
このうつくしい雪がきたのだ
　　(うまれでくるたて
　　　こんどはこたにわりやのごとばかりで
　　　くるしまなあよにうまれてくる)
おまへがたべるこのふたわんのゆきに

わたくしはいまこころからいのる
どうかこれが＊兜《と》卒《そつ》（ママ）の天の食《じき》に変《かわ》つて
＊やがてはおまへとみんなとに
＊聖《きよ》い資糧《かて》をもたらすことを
わたくしのすべてのさいはひをかけてねがふ

『春と修羅』第一集より　＊宮澤家所蔵本自筆手入れ

曠《こう》原《げん》淑《しゆく》女《じよ》（作品第九三番）

日ざしがほのかに降ってくれば
またうらぶれの風も吹く
にはとこやぶのうしろから
二人のおんながのぼって来る

けらを着　粗い縄をまとひ
萱草《かんぞう》の花のやうにわらひながら
ゆっくりふたりがすすんでくる
その蓋《ふた》のついた小さな手桶《ておけ》は
今日ははたけへのみ水を入れて来たのだ
今日でない日は青いつるつるの蓴菜《じゅんさい》を入れ
欠けた朱塗《しゅぬり》の椀《わん》をうかべて
朝の爽《さわや》かなうちに町へ売りにも来たりする
鍬《くわ》を二梃《にちょう》たゞしくけらにしばりつけてゐるので
曠原の淑女よ
あなたがたはウクライナの
舞手のやうに見える
　……風よたのしいおまへのことばを
　　もっとはっきり

この人たちにきこえるやうに云ってくれ……

『春と修羅』第二集より

みやざわ・けんじ
（明治29〜昭和8＝1896〜1933）
岩手県生まれ。詩集『春と修羅』、童話集『注文の多い料理店』などがある。

小諸《こもろ》なる古城のほとり

島崎藤村

小諸なる古城のほとり
雲白く遊子《ゆうし》悲しむ
緑なす蘩蔞《はこべ》は萌《も》えず
若草も藉《し》くによしなし
しろがねの衾《ふすま》の岡辺《おかべ》
日に溶けて淡雪流る

あたゝかき光はあれど
野に満つる香《かおり》も知らず
浅くのみ春は霞《かす》みて
麦の色はつかに青し
旅人の群《むれ》はいくつか

畠中《はたなか》の道を急ぎぬ

暮れ行けば浅間も見えず
歌哀《かな》し佐久《さく》の草笛
千曲《ちくま》川いざよふ波の
岸近き宿にのぼりつ
濁り酒濁れる飲みて
草枕《くさまくら》しばし慰む

『落梅集』より

椰子《やし》の実

名も知らぬ遠き島より
流れ寄る椰子の実一つ

故郷《ふるさと》の岸を離れて
汝《なれ》はそも波に幾月

旧《もと》の樹《き》は生ひや茂れる
枝はなほ影をやなせる

われもまた渚《なぎさ》を枕
孤身《ひとりみ》の浮寝《うきね》の旅ぞ

実をとりて胸にあつれば
新《あらた》なり流離の憂《うれい》

海の日の沈むを見れば

激《たぎ》り落つ異郷の涙
思ひやる八重の潮々
いづれの日にか国に帰らん

『落梅集』より

初恋

まだあげ初《そ》めし前髪の
林檎《りんご》のもとに見えしとき
前にさしたる花櫛《はなぐし》の
花ある君と思ひけり

やさしく白き手をのべて

林檎をわれにあたへしは
薄紅《うすくれない》の秋の実に
人こひ初めしはじめなり

わがこゝろなきためいきの
その髪の毛にかゝるとき
たのしき恋の盃《さかずき》を
君が情《なさけ》に酌《く》みしかな

林檎畠《ばたけ》の樹《こ》の下《した》に
おのづからなる細道は
誰《た》が踏みそめしかたみぞと
問ひたまふこそこひしけれ

『若菜集』より

潮音

わきてながるゝ
やほじほの
そこにいざよふ
うみの琴《こと》
しらべもふかし
もゝかはの
よろづのなみを
よびあつめ
ときみちくれば
うらゝかに
とほくきこゆる
はるのしほのね

『若菜集』より

しまざき・とうそん
（明治5〜昭和18＝1872〜1943）
長野県生まれ。詩集に『若菜集』『落梅集』などがある。

荒城月《こうじょうのつき》

土井晩翠

春高楼《はるこうろう》の花の宴
めぐる盃《さかずき》　影さして
千代《ちよ》の松が枝《え》わけいでし
むかしの光いまいづこ

秋陣営の霜の色
鳴きゆく雁《かり》の数見せて
植うるつるぎに照りそひし
むかしの光いまいづこ

いま荒城のよはの月
替《かわ》らぬ光たがためぞ

垣《かき》に残るはたゞかつら
松に歌ふはたゞあらし

天上影《てんじようかげ》は替《かわ》らねど
栄枯《えいこ》は移る世の姿
写さんとてか今もなほ
嗚呼《ああ》荒城のよはの月

『中学唱歌集』より

星と花

同じ「自然」のおん母の
御手にそだちし姉と妹《いも》
み空の花を星といひ

わが世の星を花といふ。

かれとこれとに隔たれど
にほひは同じ星と花
笑みと光を宵々《よいよい》に
替《か》はすもやさし花と星

されば曙《あけぼの》雲白く
御空の花のしぼむとき
見よ白露のひとしづく
わが世の星に涙あり。

『天地有情』より

夜

一つの太陽隠れさりて
千万の太陽現はるる時、
近きもの小《ち》さきもの浅きもの皆影ひそめ
遠きものおほいなるもの深きもの皆出づる時
大霊のあらし永遠の海をめがけて翔《か》くる時
沙漠《さばく》の大獅子《しし》鬣《たてがみ》に露を乱して覚《さ》むる時
心海の波浪しづまりて大聖曙光《しょこう》を待ちわぶる時
千万のまぼろし飛びて詩人を廻《めぐ》る時
あゝ夜よ、玄妙の精、何の言葉《ことば》に君を讃《さん》ぜむ。

『曙光』より

どい・ばんすい
（明治4〜昭和27＝1871〜1952）
宮城県生まれ。詩集に『天地有情』『暁鐘』などがある。

一個の人間

武者小路実篤

自分は一個の人間でありたい。
誰《だれ》にも利用されない
誰にも頭をさげない
一個の人間でありたい。
他人を利用したり
他人をいびつにしたりしない
そのかはり自分もいびつにされない
一個の人間でありたい。

自分の最も深い泉から
最も新鮮な
生命の泉をくみとる

一個の人間でありたい。
誰もが見て
これでこそ人間だと思ふ
一個の人間でありたい。
一個の人間は
一個の人間でいゝのではないか
一個の人間

○

独立人同志が
愛しあひ、尊敬しあひ、力をあはせる。
それは実に美しいことだ。
だが他人を利用して得をしようとするものは、いかに醜いか。
その醜さを本当に知るものが一個の人間。

「無車詩集」より

むしゃのこうじ・さねあつ
（明治18～昭和51＝1885～1976）
東京都生まれ。「白樺」創刊の中心人物。

山林に自由存す

国木田独歩

山林に自由存す
われ此句《この》を吟じて血のわくを覚ゆ
嗚呼山林に自由存す
いかなればわれ山林をみすてし

あくがれて虚栄の途《みち》にのぼりしより
十年《ととせ》の月日塵《ちり》のうちに過ぎぬ
ふりさけ見れば自由の里は
すでに雲山千里の外にある心地す

皆《まなじり》を決して天外を望めば
をちかたの高峰《たかね》の雪の朝日影

嗚呼山林に自由存す
われ此句を吟じて血のわくを覚ゆ

なつかしきわが故郷は何処《いずこ》ぞや
彼処《かしこ》にわれは山林の児《こ》なりき
顧《かえり》みれば千里江山
自由の郷《さと》は雲底に没せんとす

「抒情詩」より

くにきだ・どっぽ
（明治4〜明治41＝1871〜1908）
千葉県生まれ。作品に『武蔵野』『運命』などがある。

独逸《どいつ》には　生れざりしも

釈迢空

あはれ　我がめづる
　りるけの集《しゆう》―。

ひとの集ゆゑに　悔いなくて、
我《われ》は　読みけり―
この年の　いたるまで―。

この年にして、なほたのし
　りるけの集。

　ひとの集のよろしさ―。
悲しめど、悲しみ淡く

よろこべど、むさぼることなし。
若き日のぼへみやを　悲しめる
歌こそは、あはれなれ。—
麦の原《ふ》に　木立《こだ》ちまじり、
風車　青空にめぐる——：
あゝ音や——：　時過ぎてなほ　聞え、
見わたしの国原《くになか》は、
髣髴《おもかげ》に　人を哭《な》かしむ。
どいつには　生れざりしも、
我《われ》は知る。　りるけの愁《うれ》ひ——：
我《われ》は知る。　りるけすら思ひ得ざりし
ちえこ・すらばきや人《びと》の

とこしへなる嘆きを—

『近代悲傷集』より

しゃく・ちょうくう
（明治20〜昭和28＝1887〜1953）
大阪府生まれ。折口信夫。詩集に『古代感愛集』『近代悲傷集』、歌集に『海やまのあひだ』『春のことぶれ』などがある。

天

高見順

どの辺からが天であるか
鳶《とび》の飛んでゐるところは天であるか

人の眼《め》から隠れて
こゝに
静かに熟れてゆく果実がある
おゝ　その果実の周囲は既に天に属してゐる

『樹木派』より

たかみ・じゅん
（明治40〜昭和40＝1907〜1965）
福井県生まれ。詩集に『死の淵より』などがある。

わがひとに与ふる哀歌

伊東静雄

太陽は美しく輝き
あるひは　太陽の美しく輝くことを希《ねが》ひ
手をかたくくみあはせ
しづかに私たちは歩いて行つた
かく誘ふものの何であらうとも
私たちの内《うち》の
誘はるる清らかさを私は信ずる
無縁のひとはたとへ
鳥々は恒《つね》に変らず鳴き
草木の囁《ささや》きは時をわかたずとするとも
いま私たちは聴く
私たちの意志の姿勢で

それらの無辺な広大の讃歌を
あゝ　わがひと
輝くこの日光の中に忍び込んでゐる
音なき空虚を
歴然と見わくる目の発明の
何にならう
如《し》かない　人気《ひとげ》ない山に上《のぼ》り
切に希《ねが》はれた太陽をして
殆《ほとん》ど死した湖の一面に遍照さするのに

『わがひとに与ふる哀歌』より

いとう・しずお
（明治39〜昭和28＝1906〜1953）
長崎県生まれ。詩集に『わがひとに与ふる哀歌』『春のいそぎ』などがある。

歓楽

蒲原有明

埋《うず》もれし去歳《こぞ》の樹果《このみ》の
その種子《たね》のせまき夢にも、
いかならむ呼息《いき》はかよひて
触れやすき思ひに寤《さ》むる。

さめよ種子、うるほひは充つ、
さやかなる音をば聴かずや、
流れよる命《いのち》の小川
涓滴《したたり》のみなもといでぬ。

夢みしは何のあやしみ――
身はうかぶ光の涯《はて》か、

ゆくすゑの梢ぞかなふ
琴のねの調《しらべ》のはえか。

うづもれし殻にはあれと、
なが胸の底にしもまた
歓楽《よろこび》を慕ひつくすと
あくがるるあゆみ響くや。

崩《も》えいでてさらば一月
菫草《すみれ》こそ君が友なれ、
生《お》ひたちて、やがてはある夜
真白百合《ましらゆり》君に添はまし。

『独絃哀歌』より

かんばら・ありあけ
（明治9～昭和27＝1876～1952）
東京都生まれ。詩集に『草わかば』『独絃哀歌』などがある。

熊《くま》

壺井繁治

三月なかばだというのに
今朝は珍しい大雪だ
長靴をはいて
雪の中をざくざく歩くと
これはまたわが足跡のなんと大きなこと
東京のまん中で熊になった
人間は居《お》らぬか
人間という奴は居《お》らぬか

「壺井繁治全詩集――戦時下」より

つぼい・しげじ
（明治30～昭和50＝1897～1975）
香川県生まれ。詩集に『果実』『頭の中の兵士』などがある。

汽車にのつて

丸山薫

汽車に乗つて
あいるらんどのやうな田舎へ行かう
ひとびとが祭の日傘をくるくるまはし
日が照りながら雨のふる
あいるらんどのやうな田舎へ行かう
窓に映つた自分の顔を道づれにして
湖水をわたり　隧道《とんねる》をくぐり
珍らしい顔の少女《おとめ》や牛の歩いてゐる
あいるらんどのやうな田舎へ行かう

「幼年」より

帆船の子

若者よ　君達の硬い掌《て》のひらは
マニラロープのつよい匂《にお》ひをたてる
若者よ　君達の着古した服のズボンは
ペンキと瀝青《チャン》のはげしい匂ひをたてる

ふだんに潮風が君達を吹きすぎて
上衣《うわぎ》をふくらませ　ズボンをはためかせ
君達の匂ひを奪つて海のひろさの彼方《かなた》に
ゆくへもなく撒《ま》き散らしてしまふのだが

若者よ　それでもやつぱり君達の掌のひらは
マニラロープのつよい匂ひをたてる

君達の着古した服のズボンは
ペンキと瀝青《チャン》のはげしい匂ひをたてる
まるで君達の硬い掌のひらの中に
無限のマニラロープが束ねこまれてあり
さながら君達の着古した服のズボンが
瀝青《チャン》とペンキの樽《たる》に蔵《しま》はれてあつたやうに

帆船の子　若者よ
君達の掌のひらとズボンは
日に日に新らしいマニラロープや
瀝青《チャン》やペンキの匂ひをぷんぷんたてる

『点鐘鳴るところ』より

まるやま・かおる
（明治32〜昭和49＝1899〜1974）
大分県生まれ。詩集に『帆・ランプ・鷗』『涙した神』などがある。

雁

千家元麿

暖い静かな夕方の空を
百羽ばかりの雁が
一列になつて飛んで行く
天も地も動かない静かな景色の中を、不思議に黙つて
同じやうに一つ一つセッセと羽を動かして
黒い列をつくつて
静かに音も立てずに横切つてゆく
側《そば》へ行つたら翅《はね》の音が騒がしいのだらう
息切れがして疲れてゐるのもあるのだらう
だが地上にはそれは聞えない
彼等はみんなが黙つて、心でいたはり合ひ助け合つて飛んでゆく。
前のものが後になり、後ろの者が前になり

心が心を助けて、セッセセッセと
勇ましく飛んで行く。

その中には親子もあらう、兄弟姉妹も友人もあるにちがひない
この空気も柔《やわら》いで静かな風のない夕方の空を選んで、
一団になつて飛んで行く
暖《あたたか》い一団の心よ。
天も地も動かない静かさの中を汝ばかりが動いてゆく
黙つてすてきな早さで
見てゐる内に通り過ぎてしまふ。

『自分は見た』より

せんげ・もとまろ
（明治21～昭和23＝1888～1948）
東京都生まれ。詩集に『自分は見た』『虹』などがある。

Ⅱ

旅上

萩原朔太郎

ふらんすへ行きたしと思へども
ふらんすはあまりに遠し
せめては新しき背広をきて
きままなる旅にいでてみん。
汽車が山道をゆくとき
みづいろの窓によりかかりて
われひとりうれしきことをおもはむ
五月の朝のしののめ
うら若草のもえいづる心まかせに。

『純情小曲集』より

こころ

こころをばなににたとへん
こころはあぢさゐの花
ももいろに咲く日はあれど
うすむらさきの思ひ出ばかりはせんなくて。

こころはまた夕闇《ゆうやみ》の園生《そのふ》のふきあげ
音なき音のあゆむひびきに
こころはひとつによりて悲しめども
かなしめどもあるかひなしや
ああこのこころをばなににたとへん。

こころは二人の旅びと

されど道づれのたえて物言ふことなければ
わがこころはいつもかくさびしきなり。

『純情小曲集』より

月光と海月《くらげ》

月光の中を泳ぎいで
むらがるくらげを捉《とら》へんとす
手はからだをはなれてのびゆき
しきりに遠きにさしのべらる
もぐさにまつはり
月光の水にひたりて
わが身は玻璃《はり》のたぐひとなりはてしか
つめたくして透きとほるもの流れてやまざるに

たましひは凍えんとし
ふかみにしづみ
溺《おぼ》るるごとくなりて祈りあぐ。

かしこにここにむらがり
さ青にふるへつつ
くらげは月光のなかを泳ぎいづ。

『純情小曲集』より

竹

光る地面に竹が生え、
青竹が生え、
地下には竹の根が生え、

根がしだいにほそらみ、
根の先より繊毛《せんもう》が生え、
かすかにけぶる繊毛が生え、
かすかにふるへ。

かたき地面に竹が生え、
地上にするどく竹が生え、
まつしぐらに竹が生え、
凍れる節節りんりんと、
青空のもとに竹が生え、
竹、竹、竹が生え。

『月に吠える』より

はぎわら・さくたろう
（明治19～昭和17＝1886～1942）
群馬県生まれ。詩集に『月に吠える』『青猫』『純情小曲集』などがある。

小景異情（その二）

室生犀星

ふるさとは遠きにありて思ふもの
そして悲しくうたふもの
よしや
うらぶれて異土の乞食《かたい》となるとても
帰るところにあるまじや
ひとり都のゆふぐれに
ふるさとおもひ涙ぐむ
そのこころもて
遠きみやこにかへらばや
遠きみやこにかへらばや

『抒情小曲集』より

ふるさと

雪あたたかくとけにけり
しとしとしとと融《と》けゆけり
ひとりつつしみふかく
やはらかく
木の芽に息をふきかけり
もえよ
木の芽のうすみどり
もえよ
木の芽のうすみどり

『抒情小曲集』より

寂しき春

したたり止まぬ日のひかり
うつうつまはる水ぐるま
あをぞらに
越後《えちご》の山も見ゆるぞ
さびしいぞ

一日《いちにち》もの言はず
野にいでてあゆめば
菜種のはなは波をつくりて
いまははや
しんにさびしいぞ

『抒情小曲集』より

朱《あけ》の小箱

君がかはゆげなる卓《つくえ》のうへに
いろも朱なる小箱には
なにをひめたまへるものなりや
われきみが窓べをすぎむとするとき
小箱まづ目にうつり
こころをどりてやまず。
そは優しかるたまづさのたぐひか
もしくば
うらわかき娘ごころをのべたまふ
やさしかるうたのたぐひか。

『青き魚を釣る人』より

朝を愛す

僕は朝を愛す
日のひかり満ち亙《わた》る朝を愛す
朝は気持が張り詰め
感じが鋭どく
何物かを嗅《か》ぎ出す新しさに饑《う》ゑてゐる。
朝ほど濁らない自分を見ることがない、
朝は生れ立ての自分を遠くに感じさせる。

朝は素直《すなお》に物が感じられ
頭はハツキリと無限に広がつてゐる。
木立を透く冬の透明さに似てゐる。
昂奮さへも静かさを持つて迫つて来るのだ。

朝の間によい仕事をたぐりよせ、
その仕事の精髄を摑《つか》み出す快適さを感じる。

自分は朝の机の前に坐《すわ》り、
暫《しば》らく静かさを身に感じるため、
動かずじつとしてゐる。
じつとしてゐる間に朝のよい要素が自分を囲《かこ》ひ、
自然のよい作用が精神発露となる迄《まで》、
自分は動かず多くの玲瓏《れいろう》たるものに烈《はげ》しく打たれてゐる。

「今日」第二号より

むろう・さいせい
（明治22〜昭和37＝1889〜1962）
石川県生まれ。詩集に『愛の詩集』『抒情小曲集』などがある。

雲

山村暮鳥

おうい雲よ
ゆうゆうと
馬鹿にのんきそうぢやないか
どこまで　ゆくんだ
ずつと磐城平《いわきたいら》の方《ほう》までゆくんか

『雲』より

春の河

たつぷりと
春の河は
ながれてゐるのか

ゐないのか
ういてゐる
藁《わら》くづのうごくので
それとしられる

『雲』より

自分はいまこそ言はう

なんであんなにいそぐのだらう
どこまでゆかうとするのだらう
どこで此の道がつきるのだらう
此の生の一本みちがどこかでつきたら
人間はそこでどうなるだらう
おお此の道はどこまでも人間とともにつきないのではないか

谿間《たにま》をながれる泉のやうに
自分はいまこそ言はう
人生はのろさにあれ
のろのろと蝸牛《でで むし》のやうであれ
そしてやすまず
一生に二どと通らぬみちなのだからつつしんで
自分は行かうと思ふと

『風は草木にささやいた』より

人間に与へる詩

そこに太い根がある
これをわすれてゐるからいけないのだ
腕のやうな枝をひつ裂き

葉つぱをふきちらし
頑丈な樹幹《みき》をへし曲げるやうな大風の時ですら
まつ暗な地べたの下で
ぐつと踏張《ふんば》つてゐる根があると思へば何でもないのだ
それでいいのだ
そこに此《こ》の壮麗がある
樹木をみろ
大木《たいぼく》をみろ
このどつしりしたところはどうだ

『風は草木にささやいた』より

やまむら・ぼちょう
（明治17〜大正13＝1884〜1924）
群馬県生まれ。詩集に『聖三稜玻璃』『雲』などがある。

落葉松《からまつ》

北原白秋

一

からまつの林を過ぎて、
からまつをしみじみと見き。
からまつはさびしかりけり。
たびゆくはさびしかりけり。

二

からまつの林を出《い》でて、
からまつの林に入《い》りぬ。
からまつの林に入りて、
また細く道はつづけり。

三

からまつの林の奥も

わが通る道はありけり。
霧雨《きりさめ》のかかる道なり。
山風のかよふ道なり。

四

からまつの林の道は
われのみか、ひともかよひぬ。
ほそぼそと通ふ道なり。
さびさびといそぐ道なり。

五

からまつの林を過ぎて、
ゆゑしらず歩みひそめつ。
からまつはさびしかりけり、
からまつとささやきにけり。

六

からまつの林を出でて、
浅間嶺《あさまね》にけぶり立つ見つ。
浅間嶺《あさまね》にけぶり立つ見つ。
からまつのまたそのうへに。

七

からまつの林の雨は
さびしけどいよよしづけし。
かんこ鳥鳴けるのみなる。
からまつの濡《ぬ》るるのみなる。

八

世の中よ、あはれなりけり。
常なけどうれしかりけり。
山川《やまがわ》に山がはの音、

からまつにからまつのかぜ。

『水墨集』より

初恋

薄らあかりにあかあかと
踊るその子はただひとり。
薄らあかりに涙して
消ゆるその子もただひとり。
薄らあかりに、おもひでに、
踊るそのひと、そのひとり。

『思ひ出』より

からたちの花

からたちの花が咲いたよ。
白い白い花が咲いたよ。

からたちのとげはいたいよ。
青い青い針のとげだよ。

からたちは畑《はた》の垣根《かきね》よ。
いつもいつもとほる道だよ。

からたちも秋はみのるよ。
まろいまろい金のたまだよ。

からたちのそばで泣いたよ。
みんなみんなやさしかつたよ。

からたちの花が咲いたよ。
白い白い花が咲いたよ。

『子供の村』より

待ちぼうけ

待ちぼうけ、待ちぼうけ。
ある日、せっせこ、野良《のら》かせぎ、
そこへ兎《うさぎ》が飛んで出て、
ころり、ころげた
木のねっこ。

待ちぼうけ、待ちぼうけ。
しめた。これから寝て待たうか。
待てば獲《え》ものは駆けて来る。
兎《うさぎ》ぶつかれ、
木のねっこ。

待ちぼうけ、待ちぼうけ。
昨日《きのう》鍬《くわ》とり、畑仕事《はたしごと》、
今日《きょう》は頬《ほほ》づゑ、日向ぼこ、
うまい伐《き》り株、
木のねっこ。

待ちぼうけ、待ちぼうけ。

今日は今日はで待ちぼうけ、
明日《あす》は明日はで森のそと、
兎《うさぎ》待ち待ち、
木のねっこ。

待ちぼうけ、待ちぼうけ。
もとは涼しい黍畑《きびばたけ》、
いまは荒野《あれの》の箒草《ほうきぐさ》。
寒い北風、
木のねっこ。

『子供の村』より

きたはら・はくしゅう
（明治18～昭和17＝1885～1942）
福岡県生まれ。詩集に『邪宗門』『思ひ出』、歌集に『桐の花』などがある。

月夜の浜辺

中原中也

月夜の晩に、ボタンが一つ
波打際《なみうちぎわ》に、落ちてゐた。

それを拾つて、役立てようと
僕は思つたわけでもないが
なぜだかそれを捨てるに忍びず
僕はそれを、袂《たもと》に入れた。

月夜の晩に、ボタンが一つ
波打際に、落ちてゐた。

それを拾つて、役立てようと

僕は思つたわけでもないが
　月に向つてそれは抛《ほう》れず
　浪《なみ》に向つてそれは抛《ほう》れず
僕はそれを、袂《たもと》に入れた。

月夜の晩に、拾つたボタンは
指先に沁《し》み、心に沁みた。

月夜の晩に、拾つたボタンは
どうしてそれが、捨てられようか？

『在りし日の歌』より

サーカス

幾時代かがありまして
　茶色い戦争ありました

幾時代かがありまして
　冬は疾風《しっぷう》吹きました

幾時代かがありまして
　今夜此処《ここ》での一《ひ》と殷盛《さか》り
　　今夜此処での一と殷盛り

サーカス小屋は高い梁《はり》
　そこに一つのブランコだ

見えるともないブランコだ
頭倒《さか》さに手を垂れて
　汚れ木綿の屋蓋《やね》のもと
ゆあーん　ゆよーん　ゆやゆよん

それの近くの白い灯が
　安値《やす》いリボンと息を吐き
観客様はみな鰯《いわし》
　咽喉《のんど》が鳴ります牡蠣殻《かきがら》と
ゆあーん　ゆよーん　ゆやゆよん

　　　　屋外《やがい》は真ッ闇《くら》　闇《くら》の闇《くら》

夜は劫々《こうこう》と更《ふ》けまする
落下傘《らっかがさめ》奴のノスタルヂアと
ゆあーん　ゆよーん　ゆやゆよん

『山羊の歌』より

頑是《がんぜ》ない歌

思へば遠く来たもんだ
十二の冬のあの夕べ
港の空に鳴り響いた
汽笛の湯気《ゆげ》は今いづこ

雲の間に月はゐて

それな汽笛を耳にすると
竦然《しようぜん》として身をすくめ
月はその時空にゐた

それから何年経《た》つたことか
汽笛の湯気を茫然《ぼうぜん》と
眼《め》で追ひかなしくなつてゐた
あの頃《ころ》の俺《おれ》はいまいづこ

今では女房子供持ち
思へば遠く来たもんだ
此《こ》の先まだまだ何時《いつ》までか
生きてゆくのであらうけど

生きてゆくのであらうけど
遠く経て来た日や夜《よる》の
あんまりこんなにこひしゆては
なんだか自信が持てないよ

さりとて生きてゆく限り
結局我ン張る僕の性質《さが》
と思へばなんだか我ながら
いたはしいよなものですよ

考へてみればそれはまあ
結局我ン張るのだとして
昔恋しい時もあり　そして
どうにかやつてはゆくのでせう

考へてみれば簡単だ
畢竟《ひっきょう》意志の問題だ
なんとかやるより仕方もない
やりさへすればよいのだと

思ふけれどもそれもそれ
十二の冬のあの夕べ
港の空に鳴り響いた
汽笛の湯気や今いづこ

『在りし日の歌』より

汚れつちまつた悲しみに……

汚れつちまつた悲しみに
今日も小雪の降りかかる
汚れつちまつた悲しみに
今日も風さへ吹きすぎる

汚れつちまつた悲しみは
たとへば狐《きつね》の革裘《かわごろも》
汚れつちまつた悲しみは
小雪のかかつてちぢこまる

汚れつちまつた悲しみは
なにのぞむなくねがふなく

汚れつちまつた悲しみは
倦怠《けだい》のうちに死を夢《ゆめ》む

汚れつちまつた悲しみに
いたいたしくも怖気《おじけ》づき
汚れつちまつた悲しみに
なすところもなく日は暮れる……

『山羊の歌』より

なかはら・ちゅうや
（明治40～昭和12＝1907～1937）
山口県生まれ。詩集に『山羊の歌』『在りし日の歌』がある。

ああ大和にしあらましかば

薄田泣菫

ああ、大和《やまと》にしあらましかば、
いま神無月《かんなづき》、
うは葉《ば》散《ち》り透《す》く神無備《かんなび》の森の小路《こみち》を、
あかつき露《づゆ》に髪ぬれて往《ゆ》きこそかよへ、
斑鳩《いかるが》へ。平群《へぐり》のおほ野《の》、高草《たかくさ》の
黄金《こがね》の海とゆらゆる日、
塵居《ちりい》の窓のうは白《じら》み、日ざしの淡《あわ》に、
いにし代《よ》の珍《うず》の御経《みきよう》の黄金文字《こがねもじ》、
百済緒琴《くだらおごと》に、斎《いわ》ひ瓮《べ》に、彩画《だみえ》の壁に
見ぞ恍《ほ》くる柱《はしら》がくれのたたずまひ、
常花《とこばな》かざす芸の宮、斎殿深《いみどのふか》に、
焚《た》きくゆる香《か》ぞ、さながらの八《や》塩折《しおおり》

美酒《うまき》の甕《みか》のまよはしに、
さこそは酔《え》はめ。

『白羊宮』より

おもひで

春《はる》の夜《よ》はしづかに更《ふ》けぬ、
はゆま路《じ》の並木《なみき》のけぶり、
箱馬《はこば》車《しゃ》は轍《わだち》をどりて、
宮津《みやづ》より由良《ゆら》へ急ぎぬ。

朧夜《おぼろよ》の窓《まど》のあかりに、
京《きょう》むすめ、難波《なにわ》商人《あきうど》、
朽尼《くちあま》や、切戸《きれど》まうでや、

人の世の旅の道づれ。

物がたり吹呿《おくび》まじりに、
眠《ねむ》り目《め》のとろむとすれば、
誰《た》が子《こ》にか、後《しりえ》のかたに
をりからの追分《おいわけ》ぶしや。

清《きよ》らなる声ひとしきり、
谿《たに》あひのさゝら水なみ、
咽《むせ》び音《ね》に響きわたれば、
乗合《のりあい》はなみだこぼれぬ。

月落ちて闇《やみ》の夜《よ》ぶかに、
箱馬車《はこばしゃ》は由良《ゆら》へとゞきぬ。

客人《まろうど》は車をおりて、
西東《にしひがし》みちに別れぬ。

その後《のち》やいく春経《へ》けむ、
おほ方《かた》は夢にうつゝに、
忍《しの》びてはえこそ忘れね、
由良《ゆら》の夜《よ》の追《おい》わけ上手《じょうず》。

その子今何処《いづく》にあらむ、
思ひ出の清《きよ》きかたみや、
人々のこゝろに生きて、
とことはに姿ぞわかき。

『二十五絃』より

すすきだ・きゅうきん
（明治10～昭和20＝1877～1945）
岡山県生まれ。詩集に『暮笛集』『白羊宮』などがある。

夢みたものは……

立原道造

夢みたものは　ひとつの幸福
ねがつたものは　ひとつの愛
山なみのあちらにも　しづかな村がある
明るい日曜日の　青い空がある

日傘をさした　田舎《いなか》の娘らが
着かざつて　唄をうたつてゐる
大きなまるい輪をかいて
田舎《いなか》の娘らが　踊《おどり》をどつてゐる

告げて　うたつてゐるのは
青い翼の一羽の　小鳥

低い枝で　うたつてゐる
夢みたものは　ひとつの愛
ねがつたものは　ひとつの幸福
それらはすべてここに　ある　と

『優しき歌』より

はじめてのものに

ささやかな地異は　そのかたみに
灰を降らした　この村に　ひとしきり
灰はかなしい追憶のやうに　音立てて
樹木の梢《こずえ》に　家々の屋根に　降りしきつた

その夜　月は明かつたが　私はひとと
窓に凭《もた》れて語りあつた　（その窓からは山の姿が見えた）
部屋の隅々に　峡谷のやうに　光と
よくひびく笑ひ声が溢《あふ》れてゐた

――人の心を知ることは……人の心とは……
私は　そのひとが蛾《が》を追ふ手つきを　あれは蛾を
把《とら》へようとするのだらうか　何かいぶかしかつた

いかな日にみねに灰の煙の立ち初めたか
火の山の物語と……また幾夜さかは　果《はた》して夢に
その夜習つたエリーザベトの物語を織つた

『萱草《わすれぐさ》に寄す』より

たちはら・みちぞう
（大正3～昭和14＝1914～1939）
東京都生まれ。堀辰雄、室生犀星に師事。詩集に『萱草に寄す』などがある。

海辺の恋

佐藤春夫

こぼれ松葉《まつば》をかきあつめ
をとめのごとき君《きみ》なりき、
こぼれ松葉《まつば》に火をはなち
わらべのごときわれなりき。

わらべとをとめよりそひぬ
ただたまゆらの火をかこみ、
うれしくふたり手をとりぬ
かひなきことをただ夢み、

入り日のなかに立つけぶり
ありやなしやとただほのか、

海《うみ》べの恋のはかなさは
こぼれ松葉《まつば》の火なりけむ。

『殉情詩集』より

少年の日

1

野《の》ゆき山《やま》ゆき海辺《うみべ》ゆき
真《ま》ひるの丘《おか》べ花を敷き
つぶら瞳《ひとみ》の君ゆゑに
うれひは青し空よりも。

2

影《かげ》おほき林をたどり
夢《ゆめ》ふかきみ瞳《ひとみ》を恋ひ

あたたかき真昼《まひる》の丘《おか》べ
花を敷き、あはれ若き日。

3

君が瞳《ひとみ》はつぶらにて
君が心は知りがたし。
君をはなれて唯《ただ》ひとり
月夜《つきよ》の海に石を投《な》ぐ。

4

君は夜《よ》な夜《よ》な毛糸編む
銀の編み棒に編む糸は
かぐろなる糸あかき糸
そのランプ敷き誰《た》がものぞ。

『殉情詩集』より

さとう・はるお
（明治25〜昭和39＝１８９２〜１９６４）
和歌山県生まれ。与謝野鉄幹に師事。詩集『殉情詩集』『佐久の草笛』などがある。

三好達治

雪

太郎を眠らせ、太郎の屋根に雪ふりつむ。
次郎を眠らせ、次郎の屋根に雪ふりつむ。

『測量船』より

揚げ雲雀《ひばり》

雲雀の井戸は天にある……あれあれ
あんなに雲雀はいそいそと　水を汲《く》みに舞ひ上る
杳《はる》かに澄んだ青空の　あちらこちらに
おきき　井戸の枢《くるる》がなつてゐる

『閒花集』より

甃《いし》のうへ

あはれ花びらながれ
をみなごに花びらながれ
をみなごしめやかに語らひあゆみ
うららかの跫音《あしおと》空にながれ
をりふしに瞳《ひとみ》をあげて
翳《かげ》りなきみ寺の春をすぎゆくなり
み寺の甍《いらか》みどりにうるほひ
廂《ひさし》々に
風鐸《ふうたく》のすがたしづかなれば
ひとりなる
わが身の影をあゆまする甃《いし》のうへ

『測量船』より

みよし・たつじ
（明治33〜昭和39＝1900〜1964）
大阪府生まれ。詩集に『測量船』『駱駝の瘤にまたがつて』などがある。

窓

草野心平

波はよせ。
波はかへし。
波は古びた石垣をなめ。
陽《ひ》の照らないこの入江に。
波はよせ。
波はかへし。
下駄や藁屑や。
油のすぢ。
波は古びた石垣をなめ。
波はよせ。
波はかへし。
波はここから内海《うちうみ》につづき。

外洋につづき。
はるかの遠い外洋から。
波はよせ。
波はかへし。
波は涯しらぬ外洋にもどり。
雪や。
霙《みぞれ》や。
晴天や。
億万の年をつかれもなく。
波はよせ。
波はかへし。
波は古びた石垣をなめ。
愛や憎悪《ぞうお》や悪徳の。
その鬱積《うつせき》の暗い入江に。

波はよせ。
波はかへし。
波は古びた石垣をなめ。
みつめる潮の干満や。
みつめる世界のきのふやけふ。
ああ。
波はよせ。
波はかへし。
波は古びた石垣をなめ。

『絶景』より

作品第肆《だいし》

川面《かわづら》に春の光はまぶしく溢《あふ》れ。そよ風が吹けば光りたちの鬼ごつこ葦《あし》の葉のささやき。行行子《よしきり》は鳴く。行行子の舌にも春のひかり。

土堤《どて》の下のうまごやしの原に。
自分の顔は両掌《りょうて》のなかに。
ふりそそぐ春の光りに却《かえ》つて物憂《う》く。
眺めてゐた。

少女たちはうまごやしの花を摘んでは巧みな手さばきで花環《はなわ》をつくる。それをなはにして縄跳びをする。花環が円を描くとそのなかに富士がはひる。その度に富士は近づき。
とほくに坐《すわ》る。

耳には行行子。
頰《ほほ》にはひかり。

『富士山』より

くさの・しんぺい
（明治36〜昭和63＝1903〜1988）
福島県生まれ。詩集に『第百階級』『定本蛙』などがある。

八木重吉

素朴な琴

この明るさのなかへ
ひとつの素朴な琴をおけば
秋の美くしさに耐へかね
琴はしづかに鳴りいだすだらう

『貧しき信徒』より

太陽

太陽をひとつふところへいれてゐたい
てのひらへのせてみたり
ころがしてみたり
腹がたったら投げつけたりしたい

まるくなって
あかくなって落ちてゆくのをみてゐたら。
太陽がひとつほしくなった

『八木重吉全集 第二巻』より

母をおもふ

けしきが
あかるくなつてきた
母をつれて
てくてくあるきたくなつた
母はきつと
重吉よ重吉よといくどでもはなしかけるだらう

『貧しき信徒』より

やぎ・じゅうきち
（明治31〜昭和2＝1898〜1927）
東京都生まれ。詩集に『秋の瞳』『貧しき信徒』などがある。

ゆづり葉

河井酔茗

子供たちよ
これは譲り葉の木です。
この譲り葉は
新しい葉が出来ると
入り代つてふるい葉が落ちてしまふのです。

こんなに厚い葉
こんなに大きい葉でも
新しい葉が出来ると
無造作に落ちる
新しい葉にいのちを譲つて——。

子供たちよ。
お前たちは何を欲《ほ》しがらないでも
凡《すべ》てのものがお前たちに譲られるのです。
太陽の廻《まわ》るかぎり
譲られるものは絶えません。

輝ける大都会も
そつくりお前たちが譲り受けるのです。
読みきれないほどの書物も
みんなお前たちの手に受取るのです。
幸福なる子供たちよ
お前たちの手はまだ小さいけれど——。
世のお父さんお母さんたちは

何一つ持つてゆかない。
みんなお前たちに譲つてゆくために
いのちあるもの、よいもの、美しいものを
一生懸命に造つてゐます。

今お前たちは気が付かないけれど
ひとりでにいのちは延びる
鳥のやうにうたひ、花のやうに笑つてゐる間に
気が付いてきます。

そしたら子供たちよ
もう一度譲り葉の木の下に立つて
譲り葉を見る時が来《く》るでせう。

『花鎮抄』より

かわい・すいめい
（明治7〜昭和40＝1874〜1965）
大阪府生まれ。明治末期に口語自由詩を提唱。詩集に『無弦弓』『霧』『花鎮抄』などがある。

Ⅲ

二十億光年の孤独

谷川俊太郎

人類は小さな球の上で
眠り起きそして働き
ときどき火星に仲間を欲しがつたりする

火星人は小さな球の上で
何をしてるか　僕は知らない
（或《あるい》はネリリし　キルルし　ハララしているか）
しかしときどき地球に仲間を欲しがつたりする
それはまつたくたしかなことだ

万有引力とは
ひき合う孤独の力である

宇宙はひずんでいる
それ故みんなはもとめ合う

宇宙はどんどん膨《ふく》らんでゆく
それ故みんなは不安である

二十億光年の孤独に
僕は思わずくしゃみをした

『二十億光年の孤独』より

ひとりぼっち

だれも知らない道を通って

だれも知らない野原にくれば
太陽だけがおれの友だち
そうだおれにはおれしかいない
おれはすてきなひとりぼっち

きみの忘れた地図をたどって
きみの忘れた港にくれば
アンドロメダが青く輝く
そうだおれにはおれしかいない
おれはすてきなひとりぼっち

みんな知ってる空を眺めて
みんな知ってる歌をうたう
だけどおれにはおれしかいない

そうだおれにはおれしかいない
おれはすてきなひとりぼっち

『うつむく青年』より

たにかわ・しゅんたろう
(昭和6〜=1931〜)
東京都生まれ。詩集に『二十億光年の孤独』『あなたに』などがある。

虫の夢

大岡信

「ころんで　つちを　なめたときは　まづかつたけど
つちから　うまれる　やさいや　はなには
あまい　つゆの　すいだうかんが
たくさん　はしつて　ゐるんだね」

こどもよ
きみのいふとほりだ
武蔵野のはてに　みろよ
空気はハンカチのやうに揺れてるぢやないか
冬の日ぐれは　土がくろく　深くみえるね
おんがくよりもきらきら跳《は》ねてたテンタウムシ
にごつた水を拭《ふ》きまはつてゐたミヅスマシ

カミキリムシ
アリヂゴク
みんな静かにかへつてしまつた
土の大きな地下室へ

こどもよ
きみはにんげんだから
石をきづいて生きるときも
忘れるな
土のしたで眠つてゐる虫けらたちの
ときどきぴくりと動く足　夢のながいよだれかけを

かれらだつて夢をみるさ
いろつきの　収穫《しゅうかく》の夢

おんがくのやうな　水の夢

きみはにんげんだから
忘れるな
植物にきよらかなあまい水を送つてゐるのは
にんげんではなく
くろくしめつた　味のない
土であることを

きみはにんげんなのだから

『春　少女に』より

おおおか・まこと
（昭和6〜＝1931〜）
静岡県生まれ。詩集に『記憶と現在』『わが詩と真実』などがある。

歌

中野重治

お前は歌ふな
お前は赤まゝの花やとんぼの羽根《はね》を歌ふな
風のさゝやきや女の髪の毛の匂《にお》ひを歌ふな
すべてのひよわなもの
すべてのうそうそとしたもの
すべての物憂《ものう》げなものを撥《はじ》き去れ
すべての風情《ふぜい》を擯斥《ひんせき》せよ
もつぱら正直のところを
腹の足しになるところを
胸先きを突き上げて来るぎりぎりのところを歌へ
たゝかれることによつて弾《は》ねかへる歌を
恥辱《ちじょく》の底から勇気をくみ来る歌を

それらの歌々を
咽喉《のど》をふくらまして厳《きび》しい韻律に歌ひ上げよ
それらの歌々を
行く行く人々の胸廓《きようかく》にたゝき込め

『中野重治詩集』より

なかの・しげはる
（明治35〜昭和54＝1902〜1979）
福井県生まれ。詩集に『中野重治詩集』などがある。

雑草

北川冬彦

雑草が
あたり構はず
延び放題に延びてゐる。
この景色は胸のすく思ひだ、
人に踏まれたりしてゐたのが
いつの間にか
人の膝《ひざ》を没するほどに伸びてゐる。
ところによつては
人の姿さへ見失ふほど
深いところがある。
この景色は胸のすく思ひだ、
伸び蔓《はびこ》れるときは

どしどし延び拡がるがいゝ。
そして見栄えはしなくとも
豊かな花をどつさり咲かせることだ。

『実験室』より

きたがわ・ふゆひこ
（明治33〜平成2＝1900〜1990）
滋賀県生まれ。詩集に『三半規管喪失』『夜半の目覚めと机の位置』などがある。

夕焼け

吉野弘

いつものことだが
電車は満員だった。
そして
いつものことだが
若者と娘が腰をおろし
としよりが立っていた。
うつむいていた娘が立って
としよりに席をゆずった。
そそくさととしよりが坐った。
礼も言わずにとしよりは次の駅で降りた。
娘は坐った。
別のとしよりが娘の前に

横あいから押されてきた。
娘はうつむいた。
しかし
又立って
席を
そのとしよりにゆずった。
としよりは次の駅で礼を言って降りた。
娘は坐った。
二度あることは　と言うとおり
別のとしよりが娘の前に
押し出された。
可哀想に
娘はうつむいて
そして今度は席を立たなかった。

次の駅も
次の駅も
下唇《したくちびる》をキュッと嚙《か》んで
身体《からだ》をこわばらせて――。
僕は電車を降りた。
固《かた》くなってうつむいて
娘はどこまで行ったろう。
やさしい心の持主は
いつでもどこでも
われにもあらず受難者となる。
何故って
やさしい心の持主は
他人のつらさを自分のつらさのように
感じるから。

やさしい心に責められながら
娘はどこまでゆけるだろう。
下唇を嚙んで
つらい気持で
美しい夕焼けも見ないで。

『幻・方法』より

よしの・ひろし
(大正15〜=1926〜)
山形県生まれ。詩集に『消息』『幻・方法』などがある。

橋

高田敏子

少女よ
橋のむこうに
何があるのでしょうね

私も　いくつかの橋を
渡ってきました
いつも　心をときめかし
急いで　かけて渡りました

あなたがいま渡るのは
あかるい青春の橋
そして　あなたも

急いで渡るのでしょうか
むこう岸から聞える
あの呼び声にひかれて

『月曜日の詩集』より

たかだ・としこ
（大正3〜平成元＝1914〜1989）
東京都生まれ。詩集に『雪花石膏』『月曜日の詩集』などがある。

表札

石垣りん

自分の住むところには
自分で表札を出すにかぎる。

自分の寝泊りする場所に
他人がかけてくれる表札は
いつもろくなことはない。

病院へ入院したら
病室の名札には石垣りん様と
様が付いた。

旅館に泊つても

部屋の外に名前は出ないが
やがて焼場の鑵《かま》にはいると
とじた扉の上に
石垣りん殿と札が下がるだろう
そのとき私がこばめるか？

様も
殿も
付いてはいけない、

自分の住む所には
自分の手で表札をかけるに限る。

精神の在り場所も

ハタから表札をかけられてはならない
石垣りん
それでよい。

『表札など』より

いしがき・りん
（大正9〜平成16＝1920〜2004）
東京都生まれ。詩集に『私の前にある鍋とお釜と燃える日と』などがある。

世界は一冊の本

長田弘

本を読もう。
もっと本を読もう。
もっともっと本を読もう。

書かれた文字だけが本ではない。
日の光《ひか》り、星の瞬き、鳥の声、
川の音だって、本なのだ。

ブナの林の静けさも、
ハナミズキの白い花々も、
おおきな孤独なケヤキの木も、本だ。

本でないものはない。
世界というのは開かれた本で、
その本は見えない言葉で書かれている。

ウルムチ、メッシナ、トンブクトゥ、
地図のうえの一点でしかない
遥《はる》かな国々の遥かな街々も、本だ。

そこに住む人びとの本が、街だ。
自由な雑踏が、本だ。
夜の窓の明かりの一つ一つが、本だ。

シカゴの先物市場の数字も、本だ。
ネフド砂漠の砂あらしも、本だ。

マヤの雨の神の閉じた二つの眼《め》も、本だ。
人生という本を、人は胸に抱いている。
一個の人間は一冊の本なのだ。
記憶をなくした老人の表情も、本だ。

草原、雲、そして風。
黙って死んでゆくガゼルもヌーも、本だ。
権威をもたない尊厳が、すべてだ。

２００億光年のなかの小さな星。
どんなことでもない。生きるとは、
考えることができるということだ。

本を読もう。
もっと本を読もう。
もっともっと本を読もう。

「朝日新聞」'91 1月1日付より

おさだ・ひろし
（昭和14～＝1939～）
福島県生まれ。詩集に『メランコリックな怪物』などがある。

富士

金子光晴

重箱のやうに
狭つくるしいこの日本。

すみからすみまでみみつちく
俺達《おれたち》は数へあげられてゐるのだ。
そして、失礼千万にも
俺達を召集しやがるんだ。

戸籍簿よ。早く焼けてしまへ。
誰《だれ》も。俺の息子をおぼえてるな。
息子よ。

この手のひらにもみこまれてゐろ。
帽子のうらへ一時、消えてゐろ。

父と母とは、裾野《すその》の宿で
一晩ぢゆう、そのことを話した。

裾野の枯林《かればやし》をぬらして
小枝をピシピシ折るやうな音を立てて
夜どほし、雨がふつてゐた。

息子よ。ずぶぬれになつたお前が
重たい銃を曳《ひ》きずりながら、喘《あえ》ぎながら
自失したやうにあるいてゐる。それはどこだ？

どこだかわからない。が、そのお前を
父は母とがあてどなくさがしに出る
そんな夢ばかりのいやな一夜が
長い、不安な夜がやつと明ける。

雨はやんでゐる。
息子のゐないうつろな空に
なんだ。糞《くそ》面白くもない
あらひざらした浴衣のやうな
富士。

『蛾』より

かねこ・みつはる
（明治28〜昭和50＝1895〜1975）
愛知県生まれ。詩集に『こがね虫』『鮫』『落下傘』などがある。

水ヲ下サイ

原民喜

水ヲ下サイ
アア　水ヲ下サイ
ノマシテ下サイ
死ンダハウガ　マシデ
死ンダハウガ
アア
タスケテ　タスケテ
水ヲ
水ヲ
ドウカ
ドナタカ
オーオーオーオー

オーオーオー

天ガ裂ケ
街ガ無クナリ
川ガ
ナガレテヰル
オーオーオー
オーオーオー

夜ガクル
夜ガクル
ヒカラビタ眼《め》ニ
タダレタ唇ニ
ヒリヒリ灼《や》ケテ

フラフラノ
コノ　メチヤクチヤノ
顔ノ
ニンゲンノウメキ
ニンゲンノ

『原民喜詩集』より

はら・たみき
（明治38〜昭和26＝1905〜1951）
広島県生まれ。詩集に『原民喜詩集』などがある。

君死にたまふこと勿《なか》れ

（旅順口包囲軍の中に在る弟を歎きて）

与謝野晶子

あゝをとうとよ君を泣く
君死にたまふことなかれ
末に生れし君なれば
親のなさけはまさりしも
親は刃《やいば》をにぎらせて
人を殺せとをしへしや
人を殺して死ねよとて
二十四までをそだてしや

堺《さかい》の街《まち》のあきびとの
旧家《きゅうか》をほこるあるじにて

親の名を継ぐ君なれば
君死にたまふことなかれ
旅順の城はほろぶとも
ほろびずとても何事か
君知るべきやあきびとの
家のおきてに無かりけり

君死にたまふことなかれ
すめらみことは戦ひに
おほみづからは出《い》でまさね
かたみに人の血を流し
獣《けもの》の道に死ねよとは
死ぬるを人のほまれとは
大みこゝろの深ければ

もとよりいかで思《おぼ》されむ

あゝをとうとよ戦ひに
君死にたまふことなかれ
すぎにし秋を父ぎみに
おくれたまへる母ぎみは
なげきの中にいたましく
わが子を召され、家を守《も》り
安《やす》しと聞ける大御代《おおみよ》も
母のしら髪はまさりけり

暖《の》簾《れん》のかげに伏《ふ》して泣く
あえかにわかき新妻《にいづま》を
君わするるや思へるや

十月《とつき》も添はでわかれたる
少女《おとめ》ごころを思ひみよ
この世ひとりの君ならで
あゝまた誰をたのむべき
君死にたまふことなかれ

「『明星』明治37・9」より

よさの・あきこ
（明治11〜昭和17＝1878〜1942）
大阪府生まれ。歌集に『みだれ髪』などがある。

わたしが一番きれいだったとき

茨木のり子

わたしが一番きれいだったとき
街々はがらがら崩れていって
とんでもないところから
青空なんかが見えたりした

わたしが一番きれいだったとき
まわりの人達が沢山死んだ
工場で　海で　名もない島で
わたしはおしゃれのきっかけを落してしまった

わたしが一番きれいだったとき
だれもやさしい贈物《おくりもの》を捧《ささ》げてはくれなかった

男たちは挙手の礼しか知らなくて
きれいな眼差《まなざし》だけを残し皆発《た》っていった

わたしが一番きれいだったとき
わたしの頭はからっぽで
わたしの心はかたくなで
手足ばかりが栗色に光った

わたしが一番きれいだったとき
わたしの国は戦争で負けた
そんな馬鹿《ばか》なことってあるものか
ブラウスの腕をまくり卑屈な町をのし歩いた

わたしが一番きれいだったとき

ラジオからはジャズが溢《あふ》れた
禁煙を破ったときのようにくらくらしながら
わたしは異国の甘い音楽をむさぼった

わたしが一番きれいだったとき
わたしはとてもふしあわせ
わたしはとてもとんちんかん
わたしはめっぽうさびしかった

だから決めた　できれば長生きすることに
年とってから凄《すご》く美しい絵を描いた
フランスのルオー爺《じい》さんのように
ね

『見えない配達夫』より

自分の感受性くらい

ぱさぱさに乾いてゆく心を
ひとのせいにはするな
みずから水やりを怠っておいて

気難かしくなってきたのを
友人のせいにはするな
しなやかさを失ったのはどちらなのか

苛立《いらだ》つのを
近親のせいにはするな
なにもかも下手だったのはわたくし

初心消えかかるのを
暮《くら》しのせいにはするな
そもそもが　ひよわな志にすぎなかった

駄目なことの一切を
時代のせいにはするな
わずかに光る尊厳の放棄

自分の感受性くらい
自分で守れ
ばかものよ

『自分の感受性くらい』より

いばらぎ・のりこ
（大正15〜＝1926〜）
大阪府生まれ。詩集に『対話』『見えない配達夫』などがある。

Ⅳ

俳句

松尾《まつお》芭蕉《ばしょう》

（寛永21〜元禄7＝1644〜1694）

古池や蛙飛《かわずとび》こむ水のをと

行春《ゆくはる》を近江の人とおしみける

秋深き隣は何をする人ぞ

むめがゝにのつと日の出る山路かな

葱《ねぎ》白く洗ひたてたるさむさ哉《かな》

閑《しずか》さや岩にしみ入《いる》蝉の声

さみだれを集《あつめ》てはやし最上川

此《この》道や行人《ゆくひと》なしに秋の暮

旅に病《やん》で夢は枯野をかけ廻《めぐ》る

春の海終日《ひねもす》のたり〳〵かな
なの花や月は東に日は西に
さみだれや大河《たいが》を前に家二軒
斧《おの》入レて香《か》におどろくや冬木立
ゆく春やおもたき琵琶《びわ》の抱心《だきごころ》
鳥羽殿《とばどの》へ五六騎いそぐ野分哉《のわきかな》
しら梅に明《あく》る夜ばかりとなりにけり

与謝蕪村《よさぶそん》
（享保元〜天明3＝1716〜1784）

我と来て遊べや親のない雀
やれ打《うつ》な蠅が手をすり足をする
瘦蛙《やせ》まけるな一茶是《これ》に有《あり》

小林一茶《こばやしいっさ》
（宝暦13〜文政10＝1763〜1828）

目出度《めでた》さもちう位也《くらいなり》おらが春
あの月をとつてくれろと泣《な》く子哉
うつくしやせうじの穴の天の川
むまさうな雪がふうはりふはり哉
ともかくもあなた任せのとしの暮
是《これ》がまあつひの栖《すみか》か雪五尺

柿くへば鐘が鳴るなり法隆寺
いくたびも雪の深さを尋ねけり
糸瓜《へちま》咲て痰のつまりし仏かな

正岡子規《まさおかしき》
（慶応3〜明治35＝1867〜1902）

降る雪や明治は遠くなりにけり
焼跡に遺《のこ》る三和土《たたき》や手毬《まり》つく
万緑の中や吾子《あこ》の歯生え初むる

中村草田男《なかむらくさたお》
（明治34～昭和58＝1901～1983）

学問のさびしさに堪へ炭をつぐ
つきぬけて天上の紺曼珠沙華《まんじゆしやげ》
夏草に機罐車の車輪来て止る

山口誓子《やまぐちせいし》
（明治34～平成6＝1901～1994）

桐一葉日当りながら落ちにけり
手毬唄《てまりうた》かなしきことをうつくしく

高浜虚子《たかはまきよし》
（明治7～昭和34＝1874～1959）

流れ行く大根の葉の早さかな

赤い椿白い椿と落ちにけり
春寒し水田の上の根なし雲
師走《しわす》の人中の懐《ふとこ》ろの掌《て》の汗

河東碧梧桐《かわひがしへきごとう》
（明治6〜昭和12＝1873〜1937）

紫陽花に秋冷《しゅうれい》いたる信濃かな
虫なくや帯に手さして倚《よ》り柱
谺《こだま》して山ほととぎすほしいまゝ

杉田久女《すぎたひさじょ》
（明治23〜昭和21＝1890〜1946）

麦秋《ばくしゅう》の中なるが悲し聖廃墟《せいはいきょ》
冬菊のまとふはおのがひかりのみ
啄木鳥《きつつき》や落葉をいそぐ牧の木々

水原秋櫻子《みずはらしゅうおうし》（明治25～昭和56＝1892～1981）

咳の子のなぞなぞあそびきりもなや
梅干して人は日蔭にかくれけり
外《と》にも出よふるるばかりに春の月

中村汀女《なかむらていじょ》（明治33～昭和63＝1900～1988）

有る程《ほど》の菊抛《な》げ入れよ棺の中
菫程《すみれほど》な小さき人に生れたし

夏目漱石《なつめそうせき》（慶応3～大正5＝1867～1916）

をりとりてはらりとおもきすすきかな
たましひのたとへば秋のほたるかな
くろがねの秋の風鈴鳴りにけり

飯田《いいだ》蛇笏《だこつ》
（明治18〜昭和37＝1885〜1962）

倒れたる案山子《かかし》の顔の上に天
算術の少年しのび泣けり夏
水枕ガバリと寒い海がある

西東三鬼《さいとうさんき》
（明治33〜昭和37＝1900〜1962）

足のうら洗へば白くなる
せきをしてもひとり

尾崎放哉《おざきほうさい》
（明治18〜大正15＝1885〜1926）

入れものが無い両手で受ける

分け入つても分け入つても青い山

うしろすがたのしぐれてゆくか

どうしようもないわたしが歩いてゐる

種田《たねだ》山頭火《さんとうか》

（明治15〜昭和15＝1882〜1940）

短歌・他

くれなゐの二尺伸びたる薔薇《ばら》の芽の針やはらかに春雨のふる
いちはつの花咲きいでゝ我目には今年ばかりの春行かんとす
瓶にさす藤の花ぶさみじかければたゝみの上にとゞかざりけり

正岡子規《まさおかしき》
（慶応3〜明治35＝1867〜1902）

白鳥《しらとり》はかなしからずや空の青海のあをにも染まずただよふ
幾山河《いくやまかわ》越えさり行かば寂しさのはてなむ国ぞ今日も旅ゆく
けふもまたこころの鉦《かね》をうち鳴《なら》しうち鳴しつつあくがれて行く

若山牧水《わかやまぼくすい》
（明治18〜昭和3＝1885〜1928）

春の鳥な鳴きそ鳴きそあかあかと外《と》の面《も》の草に日の入る夕《ゆうべ》

ヒヤシンス薄紫に咲きにけりはじめて心顫《ふる》ひそめし日

病める児はハモニカを吹き夜にいりぬもろこし畑《ばた》の黄なる月の出

北原白秋《きたはらはくしゅう》
（明治18〜昭和17＝1885〜1942）

東海の小島の磯の白砂にわれ泣きぬれて蟹《かに》とたはむる

いのちなき砂のかなしさよさらさらと握《にぎ》れば指のあひだより落つ

友がみなわれよりえらく見ゆる日よ花を買ひ来て妻としたしむ

ふるさとの訛《なまり》なつかし停車場《ていしゃば》の人ごみのなかにそを聴きにゆく

はたらけどはたらけど猶《なお》わが生活《くらし》楽《らく》にならざりぢつと手を見る

石川啄木《いしかわたくぼく》
（明治19〜明治45＝1886〜1912）

牛飼が歌詠む時に世の中のあたらしき歌大いに起る
おりたちて今朝の寒さを驚きぬ露しと〳〵と柿の落葉深く
天地の四方の寄合を垣にせる九十九里の浜に玉拾ひ居り

伊藤左千夫《いとうさちお》
（元治元〜大正2
＝1864〜1913）

みちのくの母のいのちを一目《ひとめ》みん一目見んとぞただにいそげる
のど赤き玄鳥《つばくらめ》ふたつ屋梁《はり》にゐて足乳根《たらちね》の母は死にたまふなり
あかあかと一本の道とほりたりたまきはる我が命なりけり

斎藤茂吉《さいとうもきち》
（明治15〜昭和28
＝1882〜1953）

隣室に書《ふみ》よむ子らの声きけば心に沁みて生きたかりけり
夕焼け空焦げきはまれる下にして氷らんとする湖の静けさ

島木赤彦《しまきあかひこ》
（明治9〜大正15
＝1876〜1926）

馬追虫《うまおい》の髭のそよろに来る秋はまなこを閉ぢて想ひ見るべし
垂乳根《たらちね》の母が釣りたる青蚊帳をすがしといねつたるみたれども

長塚節《ながつかたかし》
（明治12～大正4
＝1879～1915）

葛の花　踏みしだかれて、色あたらし。この山道を行きし人あり
はろ〴〵に澄みゆく空か。裾ながく　海より出づる鳥海《ちょうかい》の山
たびごゝろもろくなり来ぬ。志摩のはて　安乗《アノリ》の崎に、燈《ヒ》の明り見ゆ

釈迢空《しゃくちょうくう》
（明治20～昭和28
＝1887～1953）

その子二十《はたち》櫛にながるる黒髪のおごりの春のうつくしきかな
やは肌のあつき血汐にふれも見でさびしからずや道を説く君
清水《きよみず》へ祇園《ぎおん》をよぎる桜月夜《さくらづきよ》こよひ逢ふ人みなうつくしき

与謝野晶子《よさのあきこ》
（明治11～昭和17
＝1878～1942）

海恋し潮《しお》の遠鳴りかぞへては少女となりし父母《ちちはは》の家
はてもなく菜の花つづく宵月夜母がうまれし国美しき

明治屋のクリスマス飾り灯ともりてきらびやかなり粉雪降り出づ
牡丹花《ぼたんか》は咲き定《さだ》まりて静かなり花の占《し》めたる位置のたしかさ
街をゆき子供の傍《そば》を通る時蜜柑の香《か》せり冬がまた来る

木下利玄《きのしたりげん》
（明治19〜大正14
＝1886〜1925）

たちまちに君の姿を霧とざし或る楽章をわれは思ひき
戦争を拒まむとする学生ら黒く喪の列の如く過ぎ行く

近藤芳美《こんどうよしみ》
（大正2〜＝1913〜）

マッチ擦《す》るつかのま海に霧ふかし身捨つるほどの祖国はありや
大工町寺町米町仏町老母買ふ町あらずやつばめよ
ふるさとの訛りなくせし友といてモカ珈琲《コーヒー》はかくまでにがし
海を知らぬ少女の前に麦藁帽《むぎわらぼう》のわれは両手をひろげていたり

寺山修司《てらやましゅうじ》
（昭和10〜昭和58
＝1935〜1983）

「この味がいいね」と君が言ったから七月六日はサラダ記念日
「寒いね」と話しかければ「寒いね」と答える人のいるあたたかさ
白菜が赤帯しめて店先にうっふんうっふん肩を並べる

俵万智《たわらまち》
（昭和37〜
＝1962〜）

万葉集

大和《やまと》には　群山《むらやま》あれど
とりよろふ　天《あめ》の香具山
登り立ち　国見《くにみ》をすれば
国原《くにはら》は　煙《けぶり》立ち立つ
海原《うなはら》はかまめ立ち立つ
うまし国そ　あきづしま　大和の国は

舒明天皇《じょめいてんのう》
（飛鳥＝593〜641）

熟田津《にきたつ》に船乗《ふなの》りせむと月待てば潮《しお》もかなひぬ今は漕《こ》ぎ出《い》でな

額田王《ぬかたのおおきみ》
（飛鳥＝？）

春過ぎて夏来《き》たるらし白妙《しろたえ》の衣干《ころもほ》したり天《あめ》の香具山《かぐやま》

持統天皇《じとうてんのう》
（飛鳥＝645〜703）

石《いわ》ばしる垂水《たるみ》の上のさわらびの萌《も》え出《い》づる春になりにけるかも

志貴皇子《しきのみこ》
（飛鳥＝669?〜716）

東《ひんがし》の野にかぎろひの立つ見えてかへり見すれば月傾《かたぶ》きぬ

柿本人麻呂《かきのもとのひとまろ》
（飛鳥＝？）

瓜食《うりは》めば　子ども思ほゆ　栗食《くり》めば　まして偲《しぬ》ばゆ
いづくより　来《き》たりしものそ　まなかひに　もとなかかりて　安眠《やすい》しなさぬ
銀《しろかね》も金《くがね》も玉も何せむに優《まさ》れる宝子にしかめやも
山上憶良《やまのうえのおくら》
（飛鳥〜奈良＝660〜733？）
田子《たご》の浦ゆうち出《い》でて見ればま白《しろ》にそ富士の高嶺に雪は降りける
山部赤人《やまべのあかひと》
（奈良＝？）

吾妹子《わぎもこ》が植ゑし梅の木見るごとに心むせつつ涙《なみた》し流る
大伴旅人《おおとものたびと》
（飛鳥〜奈良＝665〜731）

春の園《その》紅《くれない》にほふ桃の花下照《したで》る道に出で立つをとめ

大伴《おおとも》家持《のやかもち》
（奈良＝718?〜785）

防人《さきもり》に行《ゆ》くは誰《た》が背《せ》と問ふ人を見るがともしさ物思《ものも》ひもせず

忘らむて野行き山行き我来《われく》れどわが父母は忘れせぬかも

韓衣《からころむ》裾《すそ》に取りつき泣く子らを置きてそ来《き》ぬや母《おも》なしにして

防人歌《さきもりのうた》
（奈良）

古今和歌集・新古今和歌集・他

ひとはいさ心もしらずふるさとは花ぞ昔の香《か》ににほひける

紀貫之《きのつらゆき》（平安＝868？〜945）

久方のひかりのどけき春の日にしづ心なく花のちるらむ

紀友則《きのとものり》（平安＝？）

花の色はうつりにけりないたづらにわが身世にふるながめせしまに

小野小町《おののこまち》（平安＝？）

世中《よのなか》にたえてさくらのなかりせば春の心はのどけからまし

在原業平《ありわらのなりひら》
（平安＝825〜880）

奥山に紅葉ふみわけ鳴《なく》鹿のこゑきく時ぞ秋はかなしき

猿丸大夫《さるまるだゆう》
（平安＝？）

瀬《せ》をはやみ岩《いわ》にせかるゝ滝川《たきかわ》のわれてもすゑにあはむとぞ思ふ

崇《す》徳院《とくいん》
（平安＝1119〜1164）

天《あま》つかぜ雲の通《かよ》ひ路《じ》ふきとぢよをとめの姿《すがた》しばしとゞめむ

良岑宗貞《よしみねむねさだ》
（平安＝816〜890）

もの思《おも》へば沢のほたるもわが身《み》よりあくがれ出《い》づるたまかとぞ見《み》る

和泉式部《いずみしきぶ》
（平安＝？）

月見れば千《ち》ゞにものこそかなしけれわが身ひとつの秋にはあらねど

大江千里《おおえのちさと》
（平安＝？）

秋《あき》きぬと目にはさやかに見えねども風の音にぞおどろかれぬる

藤原敏行《ふじわらのとしゆき》
（平安＝？～９０１）

あまの原ふりさけ見れば春日《かすが》なる三笠《みかさ》の山にいでし月かも

阿倍仲麻呂《あべのなかまろ》
（飛鳥～奈良＝６９８～７７０）

山里《やまざと》は冬ぞさびしさまさりける人目《ひとめ》も草もかれぬとおもへば

源《みなもとの》　宗于《むねゆき》
（平安＝？～940）

立《たち》わかれいなばの山の峰に生《お》ふる松としきかば今かへりこむ

在原行平《ありわらのゆきひら》
（平安＝818～893）

さつきまつ花たちばなの香《か》をかげば昔の人の袖の香《か》ぞする

よみ人しらず

夏の夜はまだ宵《よい》ながら明《あ》けぬるを雲のいづこに月宿る覧《らむ》

清原深養父《きよはらのふかやぶ》
（平安＝？）

心あてにおらばやおらむ初霜《はつしも》のをきまどはせる白菊の花

凡河内躬恒《おおしこうちのみつね》
（平安＝？）

見わたせば花も紅葉もなかりけり浦の苫屋《とまや》の秋の夕暮《ゆうぐれ》

藤原定家《ふじわらていか》
（鎌倉＝1162〜1241）

しのぶれど色に出《い》でにけり我《わ》が恋は物や思《おもう》と人の問《と》ふまで

平　兼盛《たいらのかねもり》
（平安＝？〜991）

恋すてふ我が名はまだき立《たち》にけり人知れずこそ思《おもい》そめしか

壬生忠見《みぶのただみ》
（平安＝？）

ねがはくは花のしたにて春死《し》なんそのきさらぎの望月《もちづき》の頃《ころ》

心なき身にも哀《あわれ》はしられけり鴫《しぎ》たつ沢の秋の夕暮

西行《さいぎょう》
（平安～鎌倉
＝1118～1190）

月よみの光を待ちて帰りませ山路は栗のいがのしげきに

いざうたひ我立ち舞はんぬばたまの今宵の月にいねらるべきや

良寛《りょうかん》
（宝暦7～天保2
＝1757～1831）

梁塵秘抄

仏は常にいませども　現《うつつ》ならぬぞあはれなる
人の音《おと》せぬ暁《あかつき》に　ほのかに夢に見えたまふ

遊びをせんとや生《う》まれけむ　たはぶれせんとや生《む》まれけん
遊ぶこどもの声聞けば　わが身さへこそゆるがるれ

V

漢詩

春暁《しゅんぎょう》

春眠《しゅんみん》暁《あかつき》を覚《おぼ》えず
処処《しょしょ》啼鳥《ていちょう》を聞《き》く
夜来《やらい》風雨《ふうう》の声《こえ》
花《はな》落《お》つること知《し》る多少《たしょう》

孟浩然

春眠不レ覚レ暁
処処聞ニ啼鳥一
夜来風雨声
花落知多少

もうこうねん
（６８９〜７４０）
盛唐の詩人。王維とともに、王孟といわれる。

春望《しゅんぼう》

国破《くにやぶ》れて　山河《さんが》在《あ》り
城春《しろはる》にして　草木《そうもく》深《ふか》し
時《とき》に感《かん》じては　花《はな》にも涙《なみだ》を濺《そそ》ぎ
別《わか》れを恨《うら》んでは　鳥《とり》にも心《こころ》を驚《おどろ》かす
烽火《ほうか》三月《さんげつ》に連《つら》なり
家書万金《かしょばんきん》に抵《あた》る
白頭掻《はくとうか》けば更《さら》に短《みじか》く
渾《す》べて簪《しん》に勝《た》へざらんと欲《ほっ》す

杜甫

国破山河在
城春草木深
感㆑時花濺㆑涙
恨㆑別鳥驚㆑心
烽火連㆓三月㆒
家書抵㆓万金㆒
白頭掻更短
渾欲㆑不㆑勝㆑簪

絶句《ぜっく》

江碧《こうみどり》にして　鳥逾ゝ《とりいよいよ》白《しろ》く
山青《やまあお》くして　花《はな》然《も》えんと欲《ほっ》す
今春《こんしゅん》看ゝ《みすみす》又《また》過《す》ぐ
何《いず》れの日《ひ》か　是《こ》れ帰《かえ》る年《とし》ぞ

杜甫

江碧鳥逾白
山青花欲レ然
今春看又過
何日是帰年

とほ
（712〜770）
盛唐の詩人。李白と並び、李杜
といわれる。

黄鶴楼《こうかくろう》にて孟浩然《もうこうねん》の広陵《こうりよう》に之《ゆ》くを送《おく》る

故人《こじん》西《にし》のかた　黄鶴楼《こうかくろう》を辞《じ》し
煙花《えんか》三月《さんがつ》揚州《ようしゅう》に下《くだ》る
孤帆《こはん》の遠影《えんえい》　碧空《へきくう》に尽《つ》き
唯《た》だ見《み》る　長江《ちょうこう》の天際《てんさい》に流《なが》るるを

李白

故人西辞㆓黄鶴楼㆒
煙花三月下㆓揚州㆒
孤帆遠影碧空尽
唯見長江天際流

峨《が》眉《び》山月《さんげつ》の歌《うた》

峨《が》眉《び》山月《さんげつ》半輪《はんりん》の秋《あき》
影《かげ》は平羌江水《へいきょうこうすい》に入《い》りて流《なが》る
夜《よる》清渓《せいけい》を発《はっ》して三峡《さんきょう》に向《むか》ふ
君《きみ》を思《おも》へども見《み》えず　渝州《ゆしゅう》に下る

李白

峨眉山月半輪秋
影入㆓平羌江水㆒流
夜発㆓清渓㆒向㆓三峡㆒
思㆑君不㆑見下㆓渝州㆒

早《つと》に白帝城《はくていじよう》を発《はつ》す

朝《あした》に辞《じ》す白帝彩雲《はくていさいうん》の間《かん》
千里《せんり》の江陵一日《こうりよういちにち》にして還《かえ》る
両岸《りようがん》の猿声啼《えんせいな》いてやまざるに
軽舟《けいしゆう》すでに過《す》ぐ万重《ばんちよう》の山

李白

朝辞白帝彩雲間
千里江陵一日還
両岸猿声啼不レ住
軽舟已過万重山

静夜《せいや》の思《おも》ひ

牀前月光《しょうぜんげっこう》を看《み》る
疑《うたが》ふらくは是《こ》れ地上《ちじょう》の霜《しも》かと
頭《こうべ》を挙《あ》げて山月《さんげつ》を望《のぞ》み
頭《こうべ》を低《た》れて故郷《こきょう》を思《おも》ふ

李白

牀前看㆓月光㆒
疑是地上霜
挙㆑頭望㆓山月㆒
低㆑頭思㆓故郷㆒

山中問答《さんちゅうもんどう》

余《よ》に問《と》ふ　何《なん》の意《い》ありて碧山《へきざん》に棲《す》むと
笑《わら》つて答《こた》へず　心自《こころおのずか》ら閑《かん》なり
桃花《とうか》流水《りゅうすい》窅然《ようぜん》として去《さ》る
別《べっ》に天地《てんち》の人間《じんかん》に非《あら》ざる有《あ》り

李白

問㆑余何意棲㆓碧山㆒
笑而不㆑答心自閑
桃花流水窅然去
別有㆔天地非㆓人間㆒

子夜呉歌《しやごか》

長安一片《ちょうあんいっぺん》の月《つき》
万戸《ばんこ》衣《きぬ》を擣《う》つの声《こえ》
秋風《しゅうふう》吹いて尽《つ》きず
総《すべ》て是《こ》れ玉関《ぎょくかん》の情《じょう》
何《いず》れの日《ひ》か胡虜《こりょ》を平《たい》らげて
良人遠征《りょうじんえんせい》を罷《や》めん

李白

長安一片月
万戸擣レ衣声
秋風吹不レ尽
総是玉関情
何日平二胡虜一
良人罷二遠征一

りはく（７０１～７６２）
盛唐の詩人。杜甫と並び李杜と
いわれる。

江雪《こうせつ》

千山鳥飛《せんざんとりと》ぶこと絶《た》え
万径人蹤滅《ばんけいじんしょうめつ》す
孤舟蓑笠《こしゅうさりゅう》の翁《おきな》
独《ひと》り寒江《かんこう》の雪《ゆき》に釣《つ》る

柳宗元

千山鳥飛絶
万径人蹤滅
孤舟蓑笠翁
独釣㆓寒江雪㆒

りゅうそうげん
（７７３〜８１９）
中唐の詩人・文章家。唐宋八大家の一。

竹里《ちくり》館《かん》

独《ひと》り坐《ざ》す幽篁《ゆうこう》の裏《うち》
琴《こと》を弾《だん》じ復《ま》た長嘯《ちょうしょう》す
深林《しんりん》人《ひと》知《し》らず
明月《めいげつ》来《き》たりて相《あい》照《て》らす

王維

独坐幽篁裏
弾レ琴復長嘯
深林人不レ知
明月来相照

おうい
（701?～761）
盛唐の詩人・画家。孟浩然とともに、王孟といわれる。

桃夭《とうよう》

桃《もも》の夭々《ようよう》たる　灼々《しやくしやく》たる其《そ》の華《はな》
之《こ》の子《こ》于《こ》に帰《とつ》ぐ　其《そ》の室家《しつか》に宜《よろ》しからん
桃《もも》の夭々《ようよう》たる　蕡《ふん》たる有り其《そ》の実《み》
之《こ》の子《こ》于《こ》に帰《とつ》ぐ　其《そ》の家室《かしつ》に宜《よろ》しからん
桃《もも》の夭々《ようよう》たる　其《そ》の葉《は》蓁々《しんしん》たり
之《こ》の子《こ》于《こ》に帰《とつ》ぐ　其《そ》の家人《かじん》に宜《よろ》しからん

詩経

桃之夭夭　灼灼其華
之子于帰　宜二其室家一
桃之夭夭　有レ蕡其実
之子于帰　宜二其家室一
桃之夭夭　其葉蓁蓁
之子于帰　宜二其家人一

江南《こうなん》の春《はる》

千里《せんり》鶯《うぐいす》啼《な》いて　緑《みどり》紅《くれない》に映《えい》ず
水村山郭酒旗《すいそんさんかくしゅき》の風《かぜ》
南朝四百八十寺《なんちょうしひゃくはっしんじ》
多少《たしょう》の楼台烟雨《ろうだいえんう》の中《うち》

杜牧

千里鶯啼緑映レ紅
水村山郭酒旗風
南朝四百八十寺
多少楼台烟雨中

とぼく
（８０３〜８５２）
晩唐の詩人。杜甫にたいして小
杜と称する。

涼州詞《りようしゆうし》

葡萄《ぶどう》の美酒《びしゆ》　夜光《やこう》の杯《さかずき》
飲《の》まんと欲《ほっ》すれば琵琶《びわ》馬上《ばじよう》に催《うなが》す
酔《よ》ひて沙場《さじよう》に臥《ふ》す　君笑《きみわら》ふこと莫《な》かれ
古来征戦幾人《こらいせいせんいくにん》か回《かえ》る

王翰

葡萄美酒夜光杯
欲レ飲琵琶馬上催
酔臥二沙場一君莫レ笑
古来征戦幾人回

おうかん
（６８７?〜７２６?）
盛唐の詩人。

飲酒《いんしゅ》

盧《いおり》を結《むす》びて人境《じんきょう》に在《あ》り
而《しか》も車馬《しゃば》の喧《かしま》しき無《な》し
君《きみ》に問《と》ふ　何《いず》くんぞ能《よ》く爾《しか》ると
心遠《こころとお》ければ地自《ちおのず》から偏《へん》なり
菊《きく》を採《と》る東籬《とうり》の下《もと》
悠然《ゆうぜん》として南山《なんざん》を見《み》る
山気《さんき》日夕《にっせき》に佳《よ》く
飛鳥相与《ひちょうあいとも》に還《かえ》る
此《こ》の中《うち》真意《しんい》有《あ》り
弁《べん》ぜんと欲《ほっ》して已《すで》に言《げん》を忘《わす》る

陶潜

結レ盧在二人境一
而無二車馬喧一
問レ君何能爾
心遠地自偏
採レ菊東籬下
悠然見二南山一
山気日夕佳
飛鳥相与還
此中有二真意一
欲レ弁已忘レ言

とうせん
（365〜427）陶淵明。六朝時代の東晋の詩人。

春夜《しゅんや》

春宵《しゅんしょう》一刻《いっこく》直《あたい》千金《せんきん》
花《はな》に清香《せいこう》有《あ》り月《つき》に陰《かげ》有《あ》り
歌《か》管《かん》楼台《ろうだい》声《こえ》細細《さいさい》
鞦韆《しゅうせん》院落《いんらく》夜《よる》沈沈《ちんちん》

蘇軾

春宵一刻直千金
花有㆓清香㆒月有㆑陰
歌管楼台声細細
鞦韆院落夜沈沈

そしょく
（1036〜1101）
北宋の詩人、文章家。唐宋八大家の一。

偶成《ぐうせい》

少年《しょうねん》老《お》い易《やす》く学《がく》成《な》り難《がた》し
一寸《いっすん》の光陰《こういん》軽《かろ》んず可《べ》からず
未《いま》だ覚《さ》めず池塘《ちとう》春草《しゅんそう》の夢《ゆめ》
階前《かいぜん》の梧葉《ごよう》已《すで》に秋声《しゅうせい》

朱熹

少年易レ老学難レ成
一寸光陰不レ可レ軽
未レ覚池塘春草夢
階前梧葉已秋声

しゅき
（1130〜1200）
朱子学の大成者。著に『朱子文集』などがある。

Ⅵ

山のあなた

ブッセ　上田敏訳

山のあなたの空遠く
「幸《さいわい》」住むと人のいふ。
噫《ああ》、われひとゝ尋《と》めゆきて、
涙さしぐみ、かへりきぬ。
山のあなたになほ遠く
「幸《さいわい》」住むと人のいふ。

『海潮音』より

カアル・ブッセ
（1872〜1918）
ドイツの抒情詩人。
うえだ・びん
（明治7〜大正5＝1874〜1916）
東京都生まれ。英仏文学者・詩人・評論家。訳詩集に『海潮音』『牧羊神』がある。

春の朝《あした》

ブラウニング　上田敏訳

時は春、
日は朝《あした》、
朝は七時、
片丘に露みちて、
揚雲雀《あげひばり》なのりいで、
蝸牛《かたつむり》枝に這《は》ひ、
神、空にしろしめす。
すべて世は事も無し。

『海潮音』より

ロバアト・ブラウニング（1812〜1889）イギリスの詩人。作に『ピパは過ぎゆく』『男と女』などがある。
うえだ・びん　213頁参照。

コクトオ　堀口大學訳

耳

私《わたし》の耳は貝のから
海の響《ひびき》をなつかしむ

シャボン玉

シャボン玉の中へは
庭は這入《はいれ》ません
まはりをくるくる廻つてゐます

『月下の一群』より

ジャン・コクトオ（1889〜1963）フランスの詩人・作家。詩集に『ポエジー』など、小説詩に『ポトマック』『恐るべき子供たち』などがある。

ほりぐち・だいがく（明治25〜昭和56＝1892〜1981）東京都生まれ。訳詩・訳文多数。訳詩集に『月下の一群』などがある。

そぞろあるき

蒼《あお》き夏《なつ》の夜《よ》や
麦《むぎ》の香《か》に酔《え》ひ野草《のぐさ》をふみて
小みちを行《ゆ》かば
心《こころ》はゆめみ、我足《わがあし》さはやかに
わがあらはなる額《ひたい》、
吹く風に浴《ゆあ》みすべし。
われ語らず、われ思はず、
われただ限りなき愛
　魂《たましい》の底に湧出《わきいず》るを覚《おぼ》ゆべし。
宿なき人の如《ごと》く
いよ遠くわれは歩《あゆ》まん。
恋人と行《ゆ》く如《ごと》く心《こころ》うれしく

ランボオ　永井荷風訳

「自然」と共《とも》にわれは歩まん。

『珊瑚集』より

アルチユウル・ランボオ
（１８５４〜１８９１）
フランスの詩人。詩集に『ポエジー』『地獄の季節』などがある。
ながい・かふう
（明治12〜昭和34＝１８７９〜１９５９）
東京都生まれ。訳詩文集に『珊瑚集』がある。

ミニヨンの歌

ゲーテ　森鷗外訳

其一

「レモン」の木は花さきくらき林の中に
こがね色したる柑子《こうじ》は枝もたわゝにみのり
青く晴れし空よりしづやかに風吹き
「ミルテ」の木はしづかに「ラウレル」の木は高く
くもにそびえて立てる国をしるやかなたへ
君と共にゆかまし

其二

高きはしらの上にやすくすわれる屋根は
そらたかくそばだちひろき間もせまき間も
皆ひかりかゞやきて人がたしたる石は

ゑみつゝおのれを見てあないとほしき子よと
なぐさむるなつかしき家をしるやかなたへ
君と共にゆかまし

其三

立ちわたる霧のうちに驢馬《ろば》は道をたづねて
いなゝきつゝさまよひひろきほらの中には
もゝ年経《とせ》たる龍《りゆう》の所えがほにすまひ
岩より岩をつたひしら波のゆきかへる
かのなつかしき山の道をしるやかなたへ
君と共にゆかまし

『於母影』より

ヨハン・ヴォルフガング・フォン・ゲーテ
（1749～1832）
ドイツの詩人、作家。『西東詩集』、叙事詩『ヘルマンとドロテーア』などがある。
もり・おうがい
（文久2～大正11＝1862～1922）
石見国（島根県）生まれ。翻訳に『即興詩人』『ファウスト』などがある。

ウェストミンスター橋上にて

ワーヅワース　田部重治訳

現世《うつしよ》に斯《か》くまで美はしきものはなし、
いとも気高き心うつこの光景《ながめ》に、
心惹《ひ》かれざる人は魂の鈍《にぶ》れる者。
今、この市街《まち》は暁の美を、
衣の如く身にまとふ。
船、塔、高楼、劇場、寺院は静かにあからさまに、
遥かなる平野と蒼穹《そうきゆう》に向つて開き、
凡て皆、烟《けむり》なき大気の中に燦然と輝やく。
斯くも美はしく陽《ひ》はその最初の輝やきに、
谷、岩、丘を染めなせしことはあらじ。
げに斯くも深き静けさをわれ見しことも、感ぜしこともなし。
テムス河《がわ》は悠《ゆう》々と心のままに流れ行く。

あゝ、家々すらも眠れる如く、
大都市の心も尚ほ静かに眠る。

「ワーヅワース詩集」より

ウィリアム・ワーヅワース
（1770〜1850）
イギリスの自然詩人。
たなべ・じゅうじ
（明治17〜昭和47＝1884〜1972）
富山県生まれ。英文学者、登山家。元東洋大学教授。

マリアへ少女の祈禱《きとう》

リルケ　茅野蕭々訳

これは私が自分を見出す時間だ。
うす暗く牧場は風の中にゆれ、
凡《すべ》ての白樺《しらかば》の樹皮は輝いて、
夕暮がその上に来る。

私はその沈黙の中に生《お》ひ育つて、
多くの枝で花咲きたい、
それもただ総《す》べてのものと一緒に
一つの調和に踊り入る為め……

夕ぐれは私の書物。花緞子《どんす》の
朱の表紙が眼《め》もあやだ。

私はその金の止金《とめがね》を
冷たい手で外《はず》す。急がずに。

それからその第一ペエヂを読む、
馴染《なじ》み深い調子に嬉《うれ》しくなつて——
それから第二ペエヂを更《さら》にそつと読むと、
もう第三ペエヂが夢想される。

誰《だれ》が私に言ひ得《う》る。
何処《どこ》に私の生が行きつくかを。
私も亦《ま》た嵐の中に過ぎゆき、
波として池に住むのではないか。
また私は未《ま》だ春に蒼《あお》白く凍つてゐる
白樺ではないのか。

『リルケ詩抄』より

ライネル・マリア・リルケ（1875～1926）ドイツの詩人。詩集に『新詩集』『ドゥイノの悲歌』などがある。

ちの・しょうしょう（明治16～昭和21＝1883～1946）長野県生まれ。歌人、詩人、独文学者。訳詩集に『リルケ詩抄』などがある。

〔水よ、お前はどこへ行く?〕

ロルカ　小海永二訳

水よ、お前はどこへ行く?

わたしは行くのです　笑いながら
川をくだって　海の岸へと。

海よ、お前はどこへ行く?

川をのぼって　憩いの泉を
わたしは探しながら行くのです。

黒やなぎよ、そしてお前は、お前は何をするつもりなの?

わたしは何も言いたくない。
わたしは……震えているだけです！

川に向かって　海に向かって
何をわたしは望んでいるのか、いないのか？

（鳥が四羽　あてもなく
高い黒やなぎの木に　とまってる。）

『ロルカ全詩集Ⅰ』より

ガルシーア・ロルカ
（1899～1936）
スペインの詩人、劇作家。詩集に『詩の本』『ジプシー歌集』などがある。

こかい・えいじ
（昭和6～＝1931～）
東京都生まれ。詩人、フランス文学者。詩集に『峠』、訳詩集に『ロルカ全詩集Ⅰ・Ⅱ』などがある。

都に雨の降るごとく

ヴェルレエヌ　鈴木信太郎訳

都には蕭《しめ》やかに雨が降る。
（アルチュウル　ランボオ）

都《みやこ》に雨の降るごとく
わが心にも涙ふる。
心の底ににじみいる
この侘《わび》しさは何ならむ。

大地《たいち》に屋根に降りしきる
雨のひびきのしめやかさ。
うらさびわたる心には
おお　雨の音　雨の歌。

かなしみうれふるこの心
いはれもなくて涙ふる
うらみの思《おもい》あらばこそ
ゆゑだもあらぬこのなげき。

恋も憎《にくみ》もあらずして
いかなるゆゑにわが心
かくも悩《なや》むか知らぬこそ
悩《なやみ》のうちのなやみなれ。

『ヴェルレエヌ詩集』より

ポオル・ヴェルレエヌ
（1844〜1896）
フランス象徴派の代表詩人。詩集に『サテュルニアン詩集』などがある。
すずき・しんたろう
（明治28〜昭和45＝1895〜1970）
東京都生まれ。仏文学者。『マラルメ詩集』等訳詩集多数がある。

落葉《らくよう》

ヴェルレエヌ　上田敏訳

秋の日の
ヴィオロンの
ためいきの
身にしみて
ひたぶるに
うら悲《かな》し

鐘《かね》のおとに
胸ふたぎ
色かへて
涙ぐむ
過ぎし日の

おもひでや
げにわれは
うらぶれて
こゝかしこ
さだめなく
とび散らふ
落葉《おちば》かな

『海潮音』より

ポオル・ヴェルレエヌ　227頁参照。
うえだ・びん　213頁参照。

【出典及び参考文献】 ※書名、著者／訳者名、発行／発売元刊行年版、（備考）の順。なお漢字表記は一部新字体とした。

『道程』高村光太郎、抒情詩社、大3初版
『高村光太郎全集　第二巻』筑摩書房、昭32
『高村光太郎全集　第二巻』筑摩書房、平6増補版
『校本　宮澤賢治全集第十二巻（上）雑纂校異』
　筑摩書房、昭50初版／昭56初版9刷
「宮澤賢治自筆手帳」（宮澤家所蔵の写真読み解き）
『校本　宮澤賢治全集第四巻　詩Ⅲ「春と修羅　第三集」「春と修羅
　詩稿補遺」』筑摩書房、昭51初版／昭56初版6刷
『校本　宮澤賢治全集第二巻　詩Ⅰ「春と修羅」「春と修羅」補遺校
　異』筑摩書房、昭48初版／昭56初版12刷
『春と修羅』（宮澤家所蔵の自筆手入れ本写真読み解き）
『校本　宮澤賢治全集第三巻　詩Ⅱ「春と修羅　第二集」』
　筑摩書房、昭50初版／昭56初版9刷
『藤村全集　第十一巻』筑摩書房、昭41
『明治文學全集58　土井晩翠　薄田泣菫　蒲原有明集』
　矢野峰人編、筑摩書房、昭42
『中學唱歌』明34、東京音樂學校藏版
『天地有情』土井林吉（晩翠）、博文館、明32初版／大7第62版
『曙光』土井林吉（晩翠）・金港堂、大8初版
『武者小路實篤全集　第十一巻』小学館、平1
『國木田獨歩全集　第一巻』学習研究社、昭40
『折口信夫全集　第廿三巻　作品3　詩』中公文庫、昭62
『高見順全集　第二十巻』勁草書房、昭49
『定本　伊東靜雄全集全一巻』人文書院、昭46初版／昭52重版
『獨絃哀歌』蒲原有明、白鳩社、明36
『壺井繁治全集　第1巻　詩篇』青磁社、昭63
『丸山薫全集　1』角川書店、昭51初版／昭54重版
『千家元麿全集　上巻』彌生書房、昭39
『萩原朔太郎全集　第二巻』筑摩書房、昭51
『萩原朔太郎全集　第一巻』筑摩書房、昭50
『青き魚を釣る人』室生犀星、アルス、大12
『室生犀星全集　第九巻』非凡閣、昭11
『室生犀星全詩集』筑摩書房、昭39
『室生犀星全集　第一巻』新潮社、昭39
「今日」第二號、今日社／北隆館、昭4
『薔薇の羹』室生犀星、改造社、昭11
『山村暮鳥全集　第一巻　詩Ⅰ』筑摩書房、平1
『白秋全集4　詩集4』岩波書店、昭60
『白秋全集2　詩集2』岩波書店、昭60
『子供の村』北原白秋、アルス、大14
「赤い鳥」13巻1號、赤い鳥社、大13
『白秋全集26　童謡集2』岩波書店、昭62
『中原中也全集　第一巻　詩Ⅰ』角川書店、昭42
『新編　中原中也全集　第一巻　詩Ⅰ　本文篇』角川書店、平12
『白羊宮』薄田泣菫、金尾文淵堂、明39初版
『二十五絃』薄田泣菫、春陽堂、明38
『立原道造全集　第一巻　詩集Ⅰ』角川書店、昭46初版／昭56第11版
『佐藤春夫全集　第一巻　詩』講談社、昭41
『三好達治全集　第一巻』筑摩書房、昭39
『草野心平詩全景』筑摩書房、昭48
『八木重吉全集　第二巻　詩集貧しき信徒Ⅱ他』筑摩書房、昭57
『花鎭抄』河井酔茗、京都金尾文淵堂、昭和21

『二十億光年の孤獨』谷川俊太郎、創元社、昭27
『谷川俊太郎詩集　続』思潮社、平14
『大岡信全詩集』思潮社、平14
『中野重治詩集』ナップ出版部、昭6
『吉野弘全詩集』青土社、平6
『詩集　實驗室』北川冬彦、河出書房、昭16
『高田敏子全詩集』花神社、平1
『石垣りん文庫2　詩集表札など』花神社、平1
「世界は一冊の本」
　長田弘、「朝日新聞」平3・1・1付第3部第一面
『金子光晴全集　第二巻』中央公論社、昭50
『定本　原民喜全集Ⅲ』青土社、昭53
『定本　與謝野晶子全集　第九巻』講談社、昭55
「明星」明37・9・1号
『見えない配達夫』茨木のり子、飯塚書店、昭33
『自分の感受性くらい』茨木のり子、花神社、昭52
『日本古典文學大系45　芭蕉句集』
　大谷篤蔵／中村俊定校注、岩波書店、昭37
『蕪村全集　第一巻　発句』講談社、平4
『一茶全集　第1巻　発句』信濃毎日新聞社、昭54
『子規全集　第二巻　俳句二』講談社、昭50
『子規全集　第三巻　俳句三』講談社、昭52
『定本　中村草田男全句集』集英社、昭42
『定本　山口誓子全句集』集英社、昭41
『定本　高濱虚子全集　第一巻　俳句集（一）』毎日新聞社、昭49
『定本　高濱虚子全集　第二巻　俳句集（二）』毎日新聞社、昭48
『碧梧桐全句集』蝸牛社、平4
『河東碧梧桐全集　第一巻』短詩人連盟、平13
『杉田久女全集　第一巻』立風書房、平1
『水原秋櫻子全集　第三巻　句集三』講談社、昭52
『水原秋櫻子全集　第一巻　句集一』講談社、昭53
『中村汀女俳句集成　全一巻』
　中日新聞東京本社東京新聞出版局、昭49
『漱石全集　第十二巻』岩波書店、昭42第1刷／昭60第3刷
『新編　飯田蛇笏全句集』角川書店、昭60
『現代俳句の世界9　西東三鬼集』鈴木六林男選、朝日文庫、昭59
『尾崎放哉全集　増補改訂版』彌生書房、昭55
『決定版　尾崎放哉全句集』春秋社、平5
『山頭火全集　第一巻』春陽堂、昭61
『子規全集　第六巻　短歌歌會稿』講談社、昭52
『若山牧水全集　第一巻』雄鷄社、昭33
『白秋全歌集Ⅰ』岩波書店、平2
『石川啄木全集　第一巻』
　筑摩書房、昭53初版第1刷／平5初版第9刷
『左千夫全集　第一巻』岩波書店、昭52第1刷／昭61第2刷
『齋藤茂吉全集　第一巻』岩波書店、昭48
『赤光』齋藤茂吉・東雲堂書店、大2初版
『赤光』齋藤茂吉・東雲堂書店、大10改選版
『赤彦全集　第一巻』岩波書店、昭44再版
『長塚節全集　第三巻』春陽堂、昭53
『折口信夫全集　第廿一巻　作品1短歌』中公文庫、昭62
『定本　與謝野晶子全集　第一巻』講談社、昭54
『定本　與謝野晶子全集　第六巻』講談社、昭56
『定本　木下利玄全集　歌集篇』臨川書店、昭52

『近藤芳美集　第一巻』岩波書店、平12
『寺山修司全歌集』沖積舎、昭57
『サラダ記念日』俵万智、河出書房新社、昭62
『新日本古典文学大系1　萬葉集一』佐竹昭広／山田英雄／
　工藤力男／大谷雅夫／山崎福之校注、岩波書店、平11
『新日本古典文学大系2　萬葉集二』（同）平12
『新日本古典文学大系4　萬葉集四』（同）平15
『新日本古典文学大系5　古今和歌集』
　小島憲之／新井栄蔵校注、岩波書店、平1
『百人一首』大岡信、講談社文庫、昭55
『新日本古典文学大系9　金葉和歌集　詞花和歌集』
　川村晃生／柏木由夫／工藤重矩校注、岩波書店、平1
『新日本古典文学大系8　後拾遺和歌集』
　久保田淳／平田喜信校注、岩波書店、平6
『新日本古典文学大系11　新古今和歌集』
　田中裕／赤瀬信吾校注、岩波書店、平4
『新日本古典文学大系7　拾遺和歌集』
　小町谷照彦校注、岩波書店、平2
『林甕雄本　良寛禅師歌集別冊』林武編、新潮社、昭52
『日本古典文學大系29　山家集　金槐和歌集』
　風巻景次郎／小島吉雄校注、岩波書店、昭36
『新日本古典文学大系56　梁塵秘抄　閑吟集　狂言歌謡』
　小林芳規／武石彰夫／土井洋一／真鍋昌弘／橋本朝生校注、
　岩波書店、平5
『唐詩選（中）』前野直彬注解、岩波文庫、昭37
『中国名詩選（中）』松枝茂夫編、岩波文庫、昭59
『世界古典文学全集29　杜甫Ⅱ』吉川幸次郎訳、筑摩書房、昭47

『唐詩選』吉川幸次郎／小川環樹編、筑摩叢書、昭48
『世界古典文学全集27　李白』武部利男訳、筑摩書房、昭47
『中国名詩選（下）』松枝茂夫編、岩波文庫、昭61
『王維詩集』小川環樹／都留春雄／入谷仙介選訳、岩波文庫、昭47
『中国名詩選（上）』松枝茂夫編、岩波文庫、昭58
『中國詩人選集二集6　蘇軾　下』小川環樹注、岩波書店、昭37
『漢詩の解釈と鑑賞事典』前野直彬／石川忠久、旺文社、昭54
『海潮音』上田敏譯、本郷書院、明38初版
『上田敏全訳詩集』山内義雄／矢野峰人編、
　岩波文庫、昭37第1刷／昭57第21刷
『堀口大學全集2　譯詩Ⅰ』小澤書店、昭56
『月下の一群』堀口大學譯、第一書房、大14初版
『荷風全集　第九巻　珊瑚集』岩波書店、平5
『荷風全集　第十一巻』岩波書店、昭39
『珊瑚集』永井荷風、籾山書店、大2
『於母影』森鷗外、明22（「國民之友」第五十八號夏期附錄）
『鷗外全集　第十九巻』岩波書店、昭48
『ワーヅワース詩集』
　田部重治選譯、岩波文庫、昭13第1刷／昭25第4刷
『リルケ詩抄』茅野蕭々、第一書房、昭2
『ロルカ全詩集Ⅰ』フェデリコ・ガルシーア・ロルカ／
　小海永二訳、青土社、昭54
『ヴェルレエヌ詩集』
　鈴木信太郎訳、岩波文庫、昭27第1刷／平16第33刷
『鈴木信太郎全集　第二巻　譯詩Ⅱ』大修館書店、昭47

うろおぼえ索引 ＊五十音順〔作品名〕

詩

あ

…嗚呼荒城のよはの月〔荒城月〕 43
ああ、大和にしあらましかば、… 〔ああ大和にしあらましかば〕 100
あゝをとうとよ君を泣く… 〔君死にたまふこと勿れ〕 153
…あいるらんどのやうな田舎へ行かう 〔汽車にのつて〕 59
秋の日の ヴィオロンの…〔落葉〕 228
暖い静かな夕方の空を…〔雁〕 62
…阿多多羅山の山の上に…〔あどけない話〕 22
…あなたの機関はそれなり止まつた… 〔レモン哀歌〕 23
あはれ花びらながれ…〔甃のうへ〕 111
あはれ 我がめづる りるけの集… 〔独逸には 生れざりしも〕 50
雨ニモマケズ…〔雨ニモマケズ〕 26
…（あめゆじゆとてちてけんじや）… 〔永訣の朝〕 29
…あらひざらした浴衣のやうな 富士。〔富士〕 149
蒼き夏の夜や…〔そぞろあるき〕 216
…アンドロメダが青く輝く…〔ひとりぼっち〕 125

い

…斑鳩へ。…〔ああ大和にしあらましかば〕 100
幾時代かがありまして…〔サーカス〕 92
…石垣りん それでよい。〔表札〕 142
…一個の人間は一冊の本なのだ。 〔世界は一冊の本〕 145
…一生に二どと通らぬみちなのだから… 〔自分はいまこそ言はう〕 80
いつものことだが 電車は満員だった。 〔夕焼け〕 134
…いづれの日にか国に帰らん〔椰子の実〕 39
…異土の乞食となるとても…〔小景異情〕 72
…井戸の柩がなつてゐる〔揚げ雲雀〕 110
…磐城平の方までゆくんか〔雲〕 78

う

…ウクライナの 舞手のやうに見える… 〔曠原淑女〕 34
…兎待ち待ち、木のねっこ。…

〔待ちぼうけ〕 89
薄らあかりにあかあかと…〔初恋　北原白秋〕 85
…歌哀し佐久の草笛…〔小諸なる古城のほとり〕 37
…うつうつまはる水ぐるま…〔寂しき春〕 74
…美しい夕焼けも見ないで。〔夕焼け〕 137
現世に斯くまで美はしきものはなし、…〔ウェストミンスター橋上にて〕 220
埋もれし去歳の樹果の…〔歓楽〕 56
…海の響をなつかしむ〔耳〕 215
…海べの恋のはかなさは…〔海辺の恋〕 108
…うら若草のもえいづる心まかせに。〔旅上〕 67

え
…栄枯は移る世の姿…〔荒城月〕 43
…エリーザベトの物語を織つた〔はじめてのものに〕 106

お
おうい雲よ…〔雲〕 78
…オーオーオーオー…〔水ヲ下サイ〕 150
…踊るその子はただひとり。…〔初恋　北原白秋〕 85
同じ「自然」のおん母の…〔星と花〕 43
お前は歌ふな…〔歌〕 130
思へば遠く来たもんだ…〔頑是ない歌〕 94
…(Ora Orade Shitori egumo)…〔永訣の朝〕 32
…おれはこれからもつことになる…〔春〕 28
…おれはすてきなひとりぼっち〔ひとりぼっち〕 126

か
…書かれた文字だけが本ではない。…〔世界は一冊の本〕 143
…果実の周囲は既に天に属してゐる〔天〕 53
…火星に仲間を欲しがつたりする…〔二十億光年の孤独〕 123
…神、空にしろしめす。…〔春の朝〕 214
からたちの花が咲いたよ。…〔からたちの花〕 86
からまつの林を過ぎて、…〔落葉松〕 82
…からまつにからまつのかぜ。〔落葉松〕 85
…かれらだつて夢をみるさ…〔虫の夢〕 128
川面に春の光はまぶしく溢れ。…〔作品第肆〕 114
…かんこ鳥鳴けるのみなる。…〔落葉松〕 84

き
汽車に乗つて…〔汽車にのつて〕 59
…ぎちぎちと鳴る　汚ない掌を、…〔春〕 28
きつぱりと冬が来た…〔冬が来た〕 24

…汽笛の湯気や今いづこ〔頑是ない歌〕97
君がかはゆげなる卓のうへに…〔朱の小箱〕75
…君死にたまふことなかれ…
〔君死にたまふこと勿れ〕153
…君と共にゆかまし…〔ミニヨンの歌〕219
…きみはにんげんなのだから〔虫の夢〕129

く
草枕しばし慰む〔小諸なる古城のほとり〕37
…糞面白くもない…〔富士〕149
…くらげは月光のなかを泳ぎいづ。
〔月光と海月〕70

け
けしきが　あかるくなつてきた…
〔母をおもふ〕117
月光の中を泳ぎいで…〔月光と海月〕69
けふのうちに　とほくへいつてしまふ
わたくしのいもうとよ…〔永訣の朝〕29

こ
こころをばなににたとへん…〔こころ〕68
…戸籍簿よ。早く焼けてしまへ。…〔富士〕147
…琴はしづかに鳴りいだすだらう〔素朴な琴〕116
子供たちよ　これは譲り葉〔ゆづり葉〕118
この明るさのなかへ　ひとつの素朴な
琴をおけば…〔素朴な琴〕116
…この遠い道程のため〔道程〕19
…この景色は胸のすく思ひだ、…〔雑草〕132
…この年にして、なほたのし　りるけの集。…
〔独逸には　生れざりしも〕50
…このどつしりしたところはどうだ
〔人間に与へる詩〕81
こぼれ松葉をかきあつめ…〔海辺の恋〕107
小諸なる古城のほとり…
〔小諸なる古城のほとり〕36
これは私が自分を見出す時間だ。…
〔マリアへ少女の祈禱〕222
…ころり、ころげた　木のねっこ。…
〔待ちぼうけ〕87
「ころんで　つちを　なめたときは
まづかつたけど…〔虫の夢〕127

さ
…さこそは酔はめ。
〔ああ大和にしあらましかば〕101
ささやかな地異は　そのかたみに…
〔はじめてのものに〕105

雑草が　あたり構はず　延び放題に
　延びてゐる。…〔雑草〕132
…さびさびといそぐ道なり。…〔落葉松〕83
…寒い北風、木のねっこ。〔待ちぼうけ〕89
…さめよ種子、うるほひは充つ、…〔歓楽〕56
三月なかばだというのに…〔熊〕58
山林に自由存す…〔山林に自由存す〕48

し
したたり止まぬ日のひかり…〔寂しき春〕74
…「自然」と共にわれは歩まん。〔そぞろあるき〕217
…失礼千万にも　俺達を召集しやがるんだ。…〔富士〕147
自分の住むところには　自分で表札を
　出すにかぎる。…〔表札〕140
…自分は行かうと思ふと〔自分はいまこそ言はう〕80
自分は一個の人間でありたい。…〔一個の人間〕46
…ゑみ透れ、つきぬけ…〔冬が来た〕25
…重吉よ重吉よといくどでも
　はなしかけるだらう〔母をおもふ〕117
…自由の郷は雲底に没せんとす〔山林に自由存す〕49
シャボン玉の中へは　庭は這入ません…〔シャボン玉〕215
重箱のやうに　狭つくるしいこの日本。…〔富士〕147
少女よ　橋のむこうに
　何があるのでしょうね…〔橋〕138
…白い白い花が咲いたよ。〔からたちの花〕86
…しんにさびしいぞ〔寂しき春〕74
人類は小さな球の上で…〔二十億光年の孤独〕123

す
…すずしく光るレモンを今日も置かう
　〔レモン哀歌〕23
…すべて世は事も無し。〔春の朝〕214

せ
…せめては新しき背広をきて…〔旅上〕67

そ
そこに太い根がある…〔人間に与へる詩〕80
…それでいいのだ…〔人間に与へる詩〕81
…それらはすべてここに　ある　と
　〔夢みたものは…〕105

そんなにもあなたはレモンを待つてゐた…〔レモン哀歌〕22

た
…大都市の心も尚ほ静かに眠る。〔ウェストミンスター橋上にて〕221
…太陽がひとつほしくなった〔太陽〕117
太陽は美しく輝き…〔わがひとに与ふる哀歌〕54
太陽をひとつふところへいれてゐたい…〔太陽〕116
…竹、竹、竹が生え。〔竹〕71
たつぷりと　春の河は…〔春の河〕78
…他人を利用して得をしようとするものは、いかに醜いか。…〔一個の人間〕47
…たびゆくはさびしかりけり。…〔落葉松〕82
…黙つてすてきな早さで　見てゐる内に通り過ぎてしまふ。〔雁〕63
だれも知らない道を通って…〔ひとりぼっち〕124
太郎を眠らせ、太郎の屋根に雪ふりつむ。…〔雪〕110

ち
…ちえこ・すらばきや人の…〔独逸には　生れざりしも〕51
智恵子は東京に空が無いといふ、…〔あどけない話〕21
…智恵子はもとの智恵子となり…〔レモン哀歌〕23
…茶色い戦争ありました…〔サーカス〕92

つ
月夜の晩に、ボタンが一つ　波打際に、落ちてゐた。〔月夜の浜辺〕90

て
…蝸牛のやうであれ…〔自分はいまこそ言はう〕80
…テムス河は悠々と心のままに流れ行く。…〔ウェストミンスター橋上にて〕220

と
…どいつには　生れざりしも、…〔独逸には　生れざりしも〕51
…東京のまん中で熊になった　人間は居らぬか…〔熊〕58
…どうしてそれが、捨てられようか？〔月夜の浜辺〕91
…遠きみやこにかへらばや〔小景異情〕72

時は春、日は朝、…〔春の朝〕 214
…とことはに姿ぞわかき。〔おもひで〕 103
どの辺からが天であるか…〔天〕 53
…トパアズいろの香気が立つ…〔レモン哀歌〕 22
…問ひたまふこそこひしけれ〔初恋 島崎藤村〕 40
…とび散らふ　落葉かな〔落葉〕 229
…とほくきこゆる　はるのしほのね〔潮音〕 41

な

…なすところもなく日は暮れる…
〔汚れつちまつた悲しみに…〕 99
名も知らぬ遠き島より…〔椰子の実〕 37
何が面白くて駝鳥を飼ふのだ。…
〔ぼろぼろな駝鳥〕 20
…涙さしぐみ、かへりきぬ。…〔山のあなた〕 213
波はよせ。波はかへし。
波は古びた石垣をなめ。…〔窓〕 112
…悩のうちのなやみなれ。
〔都に雨の降るごとく〕 227
なんであんなにいそぐのだらう…
〔自分はいまこそ言はう〕 79
…何の言葉に君を讃ぜむ。〔夜〕 45

に

…人間という奴は居らぬか〔熊〕 58
…人間よ、もう止せ、こんな事は。
〔ぼろぼろな駝鳥〕 20〜21
…にはとこやぶのうしろから　二人のおんなが
のぼって来る…〔曠原淑女〕 33

ね

ネリリし　キルルし　ハララしているか…
〔二十億光年の孤独〕 123

の

野ゆき山ゆき海辺ゆき…〔少年の日〕 108
…乗合はなみだこぼれぬ。…〔おもひで〕 102

は

…馬鹿にのんきそうぢやないか…〔雲〕 78
…ばかものよ〔自分の感受性くらい〕 161
ぱさぱさに乾いてゆく心を　ひとのせいには
するな…〔自分の感受性くらい〕 160
…刃物のやうな冬が来た〔冬が来た〕 25
…花を敷き、あはれ若き日。…〔少年の日〕 109
…母をつれて　てくてくあるきたくなつた…
〔母をおもふ〕 117
春高楼の花の宴…〔荒城月〕 42
春の夜はしづかに更けぬ、…〔おもひで〕 101

ひ

…東ニ病気ノコドモアレバ…〔雨ニモマケズ〕 27

陽が照って鳥が啼き…〔春〕28
光る地面に竹が生え、…〔竹〕70
日ざしがほのかに降ってくれば…〔曠原淑女〕33
…人こひ初めしはじめなり…〔初恋　島崎藤村〕40
一つの太陽隠れさりて…〔夜〕45
…人の世の旅の道づれ。…〔おもひで〕102
…人を殺して死ねよとて　二十四までを
そだてしや…〔君死にたまふこと勿れ〕153
雲雀の井戸は天にある…〔揚げ雲雀〕110
…百羽ばかりの雁が　一列になつて
飛んで行く…〔雁〕62
ふ
ふらんすへ行きたしと思へども…〔旅上〕67
ふるさとは遠きにありて思ふもの…
〔小景異情〕72
ほ
…僕に来い、僕に来い…〔冬が来た〕24
僕の前に道はない…〔道程〕19
僕は朝を愛す…〔朝を愛す〕76
…僕は思わずくしやみをした
〔二十億光年の孤独〕124
…殆ど死した湖の一面に遍照さするのに
〔わがひとに与ふる哀歌〕55
…ホメラレモセズ　クニモサレズ…
〔雨ニモマケズ〕28
本を読もう。もっと本を読もう。…
〔世界は一冊の本〕143
ま
真白百合君に添はまし。〔歓楽〕57
まだあげ初めし前髪の…〔初恋　島崎藤村〕39
待ちぼうけ、待ちぼうけ。…〔待ちぼうけ〕87
…マニラロープのつよい匂ひをたてる…
〔帆船の子〕60
…まはりをくるくる廻つてゐます
〔シヤボン玉〕215
み
水よ、お前はどこへ行く?…
〔水よ、お前はどこへ行く?〕224
水ヲ下サイ…〔水ヲ下サイ〕150
…みつめる潮の干満や。みつめる世界の
きのふやけふ。…〔窓〕114
…見栄えはしなくとも　豊かな花をどつさり
咲かせることだ。〔雑草〕133
…耳には行行子。頬にはひかり。〔作品第肆〕115

都に雨の降るごとく　わが心にも涙ふる。…〔都に雨の降るごとく〕226
…「ミルテ」の木はしづかに「ラウレル」の木は高く…〔ミニヨンの歌〕218
む…むこう岸から聞える　あの呼び声にひかれて〔橋〕139
…むかしの光いまいづこ…〔荒城月〕42
…娘が立って　としよりに席をゆずった。…〔夕焼け〕134
め…めぐる盃影さして…〔荒城月〕42
も…もえよ　木の芽のうすみどり〔ふるさと〕73
や…やさしかるうたのたぐひか。〔朱の小箱〕75
…宿なき人の如く　いよ遠くわれは歩まん。…〔そぞろあるき〕216
山のあなたの空遠く…〔山のあなた〕213
ゆ…ゆあーん　ゆよーん　ゆやゆよん〔サーカス〕93
…夕ぐれは私の書物。…〔マリアへ少女の祈禱〕222
雪あたたかくとけにけり…〔ふるさと〕73
…行く行く人々の胸廓にたゝき込め〔歌〕131
…譲り葉を見る時が来るでせう。〔ゆづり葉〕120
夢みたものは　ひとつの幸福…〔夢みたものは…〕104
よ汚れつちまつた悲しみに…〔汚れつちまつた悲しみに…〕98
…世の中よ、あはれなりけり。…〔落葉松〕84
り…林檎をわれにあたへしは…〔初恋　島崎藤村〕40
る…ルオー爺さんのように　ね〔わたしが一番きれいだったとき〕159
れ「レモン」の木は花さきくらき林の中に…〔ミニヨンの歌〕218
わ…わがこころはいつもかくさびしきなり。〔こころ〕69
…わが身の影をあゆまする甃のうへ〔甃のうへ〕111
若者よ　君達の硬い掌のひらは…〔帆船の子〕60

…わが世の星に涙あり。〔星と花〕— 44
わきてながるゝ　やほじほの…〔潮音〕— 41
わたしが一番きれいだったとき…
　〔わたしが一番きれいだったとき〕— 157
私の耳は貝のから…〔耳〕— 215
…藁くづのうごくので　それとしられる
　〔春の河〕— 79
…われ此句を吟じて血のわくを覚ゆ…
　〔山林に自由存す〕— 48
を…をとめのごとき君なりき、…〔海辺の恋〕— 107
…をみなごに花びらながれ…〔甃のうへ〕— 111

俳句

あ…青い山 — 172
赤い椿白い椿と… — 169
…秋の風鈴鳴りにけり — 171
秋深き… — 165
…明る夜ばかりとなりにけり — 166
…吾子の歯生え初むる — 168
紫陽花に秋冷いたる… — 169
足のうら洗へば… — 171
…遊べや親のない雀 — 166
…集てはやし最上川 — 165
…あなた任せのとしの暮 — 167
あの月をとつてくれろと… — 167
…洗ひたてたるさむさ哉 — 165
…洗へば白くなる — 171
有る程の菊抛げ入れよ… — 170
いいくたびも雪の深さを… — 167
入れものが無い… — 172
…岩にしみ入蝉の声 — 165
ううしろすがたの… — 172
うつくしや… — 167
梅干して… — 170
む（う）まさうな… — 167
む（う）めがゝに… — 165
お…近江の人とおしみける — 165
…落ちにけり（河東碧梧桐） — 169
…落葉をいそぐ牧の木々 — 170
斧入ㇾて… — 166

…帯に手さして倚り柱 169
…おもたき琵琶の抱心 166
か 柿くへば… 167
…鐘が鳴るなり法隆寺 167
学問のさびしさに堪へ… 168
…かなしきことをうつくしく 168
…蛙飛こむ水のをと 165
…案山子の顔の上に天 171
…香におどろくや冬木立 166
…ガバリと寒い海がある 171
き …機罐車の車輪来て止る 168
桐一葉… 168
啄木鳥や… 170
…菊抛げ入れよ棺の中 170
く くろがねの… 171
こ 谺して… 169
此道や… 165
是がまあ… 167
…五六騎いそぐ野分哉 166
さ さみだれを… 165
さみだれや… 166
算術の少年… 171
し …しぐれてゆくか 172
閑さや… 165
…しのび泣けり夏 171
しら梅に… 166
師走の人中の… 169
…秋冷いたる信濃かな 169
…せう（しょう）じの穴の天の川 167
す …水田の上の根なし雲 169
菫程な… 170
…炭をつぐ 168
せ …聖廃墟 170
咳の子の… 170
せきをしても… 171
た …大河を前に家二軒 166
倒れたる… 171
…たとへば秋のほたるかな 171
旅に病で… 165
たましひの… 171

…痰のつまりし仏かな　167
ち…小さき人に生れたし　170
…ちう位也おらが春　167
つつきぬけて…　168
…月は東に日は西に　166
…つひの栖か雪五尺　167
て手毬唄…　168
…手毬つく　168
…天上の紺曼珠沙華　168
と外にも出よ…　170
どうしようもない…　172
…隣は何をする人ぞ　165
…とつてくれろと泣子哉　167
鳥羽殿へ…　166
ともかくも…　167
な流れ行く…　169
…なぞなぞあそびきりもなや　170
夏草に…　168
なの花や…　166
ね葱白く…　165
の…のつと日の出る山路かな　165
は…蝿が手をすり足をする　166
麦秋の中なるが悲し…　170
春寒し…　169
春の海…　166
…はらりとおもきすすきかな　171
万緑の中や…　168
ひ…日当りながら落ちにけり　168
…人は日蔭にかくれけり　170
…ひとり　171
…終日のたり〳〵かな　166
ふ…懐ろの掌の汗　169
冬菊の…　170
古池や…　165
降る雪や…　168
…ふるるばかりに春の月　170
へ糸瓜咲て…　167
ま…まけるな一茶是に有　166
…まとふはおのがひかりのみ　170
み水枕…　171

む 虫なくや…… 169
む（う）まさうな…… 167
む（う）めがゝに…… 165
め 目出度さも…… 167
…明治は遠くなりにけり 168
や 焼跡に遺る三和土や…… 168
瘦蛙…… 166
…山ほととぎすほしいまゝ 169
やれ打な…… 166
ゆ …雪がふうはりふはり哉 167
…雪の深さを尋ねけり 167
ゆく春や…… 166
行春を…… 165
…行人なしに秋の暮 165
…夢は枯野をかけ廻る 165
り …両手で受ける 172
わ 分け入つても分け入つても…… 172
…わたしが歩いてゐる 172
我と来て…… 166
を をりとりて…… 171

短歌・他

あ あかあかと一本の道とほりたり…… 175
秋きぬと目にはさやかに見えねども…… 185
…あくがれ出づるたまかとぞ見る 185
…遊ぶこどもの声聞けば…… 189
遊びをせんとや生まれけむ…… 189
…あたらしき歌大いに起る 175
…あつき血汐にふれも見で…… 176
天つかぜ雲の通ひ路ふきとぢよ…… 184
あまの原ふりさけ見れば春日なる…… 185
天地の四方の寄合を垣にせる…… 175
…或る楽章をわれは思ひき 177
い 幾山河越えさり行かば寂しさの…… 173
いざうたひ我立ち舞はんぬば玉の…… 188
いちはつの花咲きいでゝ我目には…… 173
…いづくより　来たりしものぞ…… 181
いのちなき砂のかなしさよ…… 174
石ばしる垂水の上のさわらびの…… 180
う 牛飼が歌詠む時に世の中の…… 175

…うち鳴しつつあくがれて行く　173
…うっふんうっふん肩を並べる　178
馬追虫の髭のそよろに来る秋は…　176
…うまし国そ　あきづしま　大和の国は　179
海恋し潮の遠鳴りかぞへては…　177
海を知らぬ少女の前に麦藁帽の…　178
…浦の苫屋の秋の夕暮　187
瓜食めば　子ども思ほゆ…　181

お
…置きてそ来ぬや母なしにして　182
…を（お）きまどはせる白菊の花　187
奥山に紅葉ふみわけ鳴鹿の…　184
…おごりの春のうつくしきかな　176
…少女（おとめ）となりし父母の家　177
…を（お）とめの姿しばしとゞめむ　184
おりたちて今朝の寒さを驚きぬ…　175

か
…風の音にぞおどろかれぬる　185
…かへり見すれば月傾きぬ　180
瓶にさす藤の花ぶさみじかければ…　173
韓衣裾に取りつき泣く子らを…　182

き
清水へ祇園をよぎる桜月夜…　176
…きらびやかなり粉雪降り出づ　177

く
…櫛にながるる黒髪の…　176
…九十九里の浜に玉拾ひ居り　175
葛の花　踏みしだかれて、色あたらし。…　176
…国原は　煙立ち立つ　海原は　かまめ立ち立つ…　179
…雲のいづこに月宿る覧　186
…栗食めば　まして偲ばゆ…　181
くれなゐの二尺伸びたる薔薇の芽の…　173
…黒く喪の列の如く過ぎ行く　177

け
けふもまたこころの鉦をうち鳴し　173

こ
恋すてふ我が名はまだき立にけり…　187
…こゑきく時ぞ秋はかなしき　184
…氷らんとする湖の静けさ　175
心あてにおらばやおらむ初霜の…　187
…心むせつつ涙し流る　181
心なき身にも哀はしられけり…　188
…心に沁みて生きたかりけり　175
…答える人のいるあたたかさ　178
…今年ばかりの春行かんとす　173

「この味がいいね」と君が言ったから…… 178
…この山道を行きし人あり 176
…こよひ逢ふ人みなうつくしき 176
…今宵の月にいねらるべきや 188
…衣干したり天の香具山 180

さ
防人に行くは誰が背と問ふ人を… 182
さつきまつ花たちばなの香をかげば… 186
…さびしからずや道を説く君 176
「寒いね」と話しかければ「寒いね」と… 178
…さらさらと握れば指のあひだより落つ 174

し
…鴫たつ沢の秋の夕暮 188
…志摩のはて　安乗の崎に、燈の明り見ゆ 176
しのぶれど色に出でにけり我が恋は… 187
…しづ心なく花のちるらむ 183
…下照る道に出で立つをとめ 182
…七月六日はサラダ記念日 178
…潮もかなひぬ今は漕ぎ出でな 180
白鳥はかなしからずや… 173
銀も金も玉も何せむに… 181

す
…すがしといねつたるみたれども 176
…裾ながく　海より出づる鳥海の山 176

せ
瀬をはやみ岩にせかるゝ滝川の… 184
戦争を拒まむとする学生ら… 177

そ
その子二十… 176
…そのきさらぎの望月の頃 188
…空の青海のあをにも染まずただよふ 173

た
大工町寺町米町仏町… 178
田子の浦ゆうち出でて見ればま白にそ… 181
…たゝみの上にとゞかざりけり 173
たちまちに君の姿を霧とざし… 177
立わかれいなばの山の峰に生ふる… 186
…たはぶれせんとや生まれけん 189
たびごゝろもろくなり来ぬ。… 176
…たまきはる我が命なりけり 175
垂乳根の母が釣りたる青蚊帳を… 176
…足乳根の母は死にたまふなり 175

ち
…ぢつと手を見る 174

つ
月よみの光を待ちて帰りませ… 188
月見れば千ゞにものこそかなしけれ… 185
…露しと／＼と柿の落葉深く 175

と…外の面の草に日の入る夕　174
東海の小島の磯の白砂に…　174
友がみなわれよりえらく見ゆる日よ…　174
隣室に書よむ子らの声きけば…　175
な夏の夜はまだ宵ながら明けぬるを…　186
に熱田津に船乗りせむと月待てば…　180
ねねがはくは花のしたにて春死なん…　188
ののど赤き玄鳥ふたつ屋梁にゐて…　175
は白菜が赤帯しめて店先に…　178
…はじめて心顫ひそめし日　174
はたらけどはたらけど
　猶わが生活楽にならざり…　174
…はてなむ国ぞ今日も旅ゆく　173
はてもなく菜の花つづく宵月夜…　177
…花ぞ昔の香ににほひける　183
花の色はうつりにけりないたづらに…　183
…花の占めたる位置のたしかさ　177
…花を買ひ来て妻としたしむ　174
…母がうまれし国美しき　177
…針やはらかに春雨のふる　173
春過ぎて夏来たるらし白妙の…　180
…春の心はのどけからまし　184
春の園紅にほふ桃の花…　182
春の鳥な鳴きそ鳴きそあかあかと…　174
はろ〴〵に澄みゆく空か。…　176
ひ久方のひかりのどけき春の日に…　183
…人ごみのなかにそを聴きにゆく　174
…人知れずこそ思ひそめしか　187
…人の音せぬ暁に
　ほのかに夢に見えたまふ　189
ひとはいさ心もしらずふるさとは…　183
…一目見んとぞただにいそげる　175
…人目も草もかれぬとおもへば　186
ヒヤシンス薄紫に咲きにけり…　174
東の野にかぎろひの立つ見えて…　180
ふ…富士の高嶺に雪は降りける　181
ふるさとの訛りなくせし友といて…　178
ふるさとの訛なつかし停車場の…　174
ほ牡丹花は咲き定まりて静かなり…　177
仏は常にいませども

現ならぬぞあはれなる… —— 189

ま…優れる宝子にしかめやも —— 181
街をゆき子供の傍を通る時… —— 177
マッチ擦るつかのま海に霧ふかし… —— 178
…松としきかば今かへりこむ —— 186
…まなかひに　もとなかかりて　安眠しなさぬ —— 181
…まなこを閉ぢて想ひ見るべし —— 176

み…三笠の山にいでし月かも —— 185
…蜜柑の香せり冬がまた来る —— 177
…身捨つるほどの祖国はありや —— 178
みちのくの母のいのちを一目みん… —— 175
…見るがともしさ物思ひもせず —— 182
見わたせば花も紅葉もなかりけり… —— 187

む…昔の人の袖の香ぞする —— 186

め明治屋のクリスマス飾り灯ともりて… —— 177

も…モカ珈琲はかくまでにがし —— 178
もの思へば沢のほたるもわが身より… —— 185
…物や思と人の問ふまで —— 187
…萌え出づる春になりにけるかも —— 180
…もろこし畑の黄なる月の出 —— 174

ややは肌の… —— 176
山里は冬ぞさびしさまさりける… —— 186
…山路は栗のいがのしげきに —— 188
大和には　群山あれど… —— 179
病める児はハモニカを吹き夜にいりぬ… —— 174

ゆ夕焼け空焦げきはまれる下にして… —— 175

よ世中にたえてさくらのなかりせば… —— 184

ろ…老母買ふ町あらずやつばめよ —— 178

わ吾妹子が植ゑし梅の木見るごとに… —— 181
…わが父母は忘れせぬかも —— 182
…わが身さへこそゆるがるれ —— 189
…わが身ひとつの秋にはあらねど —— 185
…わが身世にふるながめせしまに —— 183
忘らむて野行き山行き我来れど… —— 182
…われてもすゑにあはむとぞ思ふ —— 184
…われ泣きぬれて蟹とたはむる —— 174
…われは両手をひろげていたり —— 178

漢詩

あ 朝に辞す白帝彩雲の間…〔早に白帝城を発す〕198
…何の日か胡虜を平らげて…〔子夜呉歌〕201
い 廬を結びて人境に在り…〔飲酒〕207
…何れの日か　是れ帰る年ぞ〔絶句〕195
…一寸の光陰軽んず可からず…〔偶成〕209
…未だ覚めず池塘春草の夢…〔偶成〕209
う …疑ふらくは是れ地上の霜かと…〔静夜の思ひ〕199
え …煙花三月揚州に下る…〔黄鶴楼にて孟浩然の広陵に之くを送る〕196
か …階前の梧葉已に秋声〔偶成〕209
…歌管楼台声細細…〔春夜〕208
…影は平羌江水に入りて流る…〔峨眉山月の歌〕197
…家書万金に抵る…〔春望〕194
峨眉山月半輪の秋…〔峨眉山月の歌〕197
き …菊を採る東籬の下…〔飲酒〕207
…君に問ふ　何ぞ能く爾ると…〔飲酒〕207
…君を思へども見えず　渝州に下る〔峨眉山月の歌〕197
く 国破れて　山河在り…〔春望〕194
け …軽舟すでに過ぐ万重の山…〔早に白帝城を発す〕198
こ …頭を挙げて山月を望み…〔静夜の思ひ〕199
…頭を低れて故郷を思ふ〔静夜の思ひ〕199
江碧にして　鳥逾ゝ白く…〔絶句〕195
…心遠ければ地自から偏なり…〔飲酒〕207
…孤舟蓑笠の翁…〔江雪〕202
…孤帆の遠影　碧空に尽き…〔黄鶴楼にて孟浩然の広陵に之くを送る〕196
故人西のかた　黄鶴楼を辞し…〔黄鶴楼にて孟浩然の広陵に之くを送る〕196
…琴を弾じ復た長嘯す…〔竹里館〕203
…此の中真意有り…〔飲酒〕207
…古来征戦幾人か回る〔涼州詞〕206
…今春看ゝ又過ぐ…〔絶句〕195
さ …山気日夕に佳く…〔飲酒〕207
し …而も車馬の喧しき無し…〔飲酒〕207
…鞦韆院落夜沈沈〔春夜〕208

…秋風吹いて尽きず…〔子夜呉歌〕201
春宵一刻直千金…〔春夜〕208
春眠暁を覚えず…〔春暁〕193
牀前月光を看る…〔静夜の思ひ〕199
少年老い易く学成り難し…〔偶成〕209
…処処啼鳥を聞く…〔春暁〕193
…城春にして　草木深し…〔春望〕194
…深林人知らず…〔竹里館〕203

す
…水村山郭酒旗の風…〔江南の春〕205
…総て是れ玉関の情…〔子夜呉歌〕201
…渾べて簪に勝へざらんと欲す〔春望〕194

せ
千山鳥飛ぶこと絶え…〔江雪〕202
千里鶯啼いて　緑紅に映ず…〔江南の春〕205
…千里の江陵一日にして還る…〔早に白帝城を発す〕198

た
多少の楼台烟雨の中〔江南の春〕205
…唯だ見る　長江の天際に流るるを〔黄鶴楼にて孟浩然の広陵に之くを送る〕196

ち
長安一片の月…〔子夜呉歌〕201

と
…桃花流水窅然として去る…〔山中問答〕200
…時に感じては　花にも涙を濺ぎ…〔春望〕194

な
…南朝四百八十寺…〔江南の春〕205

の
…飲まんと欲すれば琵琶馬上に催す…〔涼州詞〕206

は
…白頭掻けば更に短く…〔春望〕194
…花落つること知る多少〔春暁〕193
…花に清香有り月に陰有り…〔春夜〕208
…万径人蹤滅す…〔江雪〕202
…万戸衣を擣つの声…〔子夜呉歌〕201

ひ
…飛鳥相与に還る…〔飲酒〕207
…独り寒江の雪に釣る〔江雪〕202
独り坐す幽篁の裏…〔竹里館〕203

ふ
葡萄の美酒　夜光の杯…〔涼州詞〕206

へ
…弁ぜんと欲して已に言を忘る〔飲酒〕207
…別に天地の人間に非ざる有り〔山中問答〕200

ほ
烽火三月に連なり…〔春望〕194

め
明月来たりて相照らす〔竹里館〕203

も
桃の夭々たる…〔桃夭〕204

や
…山青くして　花然えんと欲す…〔絶句〕195
…夜来風雨の声…〔春暁〕193

ゆ…悠然として南山を見る…〔飲酒〕――207
よ余に問ふ　何の意ありて碧山に棲むと…〔山中問答〕――200
…酔ひて沙場に臥す　君笑ふこと莫かれ…〔涼州詞〕――206
…夜清渓を発して三峡に向ふ…〔峨眉山月の歌〕――197
り両岸の猿声啼いてやまざるに…〔早に白帝城を発す〕――198
…良人遠征を罷めん〔子夜呉歌〕――201
わ…別れを恨んでは　鳥にも心を驚かす…〔春望〕――194
…笑つて答へず　心自ら閑なり…〔山中問答〕――200

作者索引

（五十音順）

阿倍仲麻呂…………185
在原業平……………184
在原行平……………186
飯田蛇笏……………171
石垣りん……140〜142
石川啄木……………174
和泉式部……………185
伊藤左千夫…………175
伊東静雄………54〜55
茨木のり子…157〜161
上田敏…………………
213〜214、228〜229
ヴェルレエヌ226〜229
王維…………………203
王翰…………………206
大岡信………127〜129
凡河内躬恒…………187
大江千里……………185
大伴旅人……………181
大伴家持……………182
尾崎放哉……171〜172
長田弘………143〜146
小野小町……………183
柿本人麻呂…………180
金子光晴……147〜149
河井酔茗……118〜120
河東碧梧桐…………169
蒲原有明………56〜57
北川冬彦……132〜133
北原白秋 82〜89、174
木下利玄……………177
紀貫之………………183
紀友則………………183
清原深養父…………186
草野心平……112〜115
国木田独歩……48〜49
ゲーテ………218〜219
小海永二……224〜225
コクトオ……………215
小林一茶……166〜167
近藤芳美……………177
西行…………………188
西東三鬼……………171
斎藤茂吉……………175
（防人歌）…………182
佐藤春夫……107〜109
猿丸大夫……………184
志貴皇子……………180
持統天皇……………180
島木赤彦……………175
島崎藤村………36〜41
釈迢空…50〜52、176
朱熹…………………209
舒明天皇……………179
杉田久女……………169
鈴木信太郎…226〜227
薄田泣菫……100〜103
崇徳院………………184
千家元麿………62〜63
蘇軾…………………208
平兼盛………………187
高田敏子……138〜139
高浜虚子……168〜169
高見順…………………53
高村光太郎……19〜25
立原道造……104〜106
田部重治……220〜221
谷川俊太郎…123〜126
種田山頭火…………172
俵万智………………178
茅野蕭々……222〜223
壺井繁治………………58
寺山修司……………178
土井晩翠………42〜45
陶潜…………………207
杜甫…………194〜195
杜牧…………………205
永井荷風……………216
長塚節………………176

中野重治……130～131
中原中也………90～99
中村草田男…………168
中村汀女……………170
夏目漱石……………170
額田王………………180
萩原朔太郎……67～71
原民喜………150～152
藤原定家……………187
藤原敏行……………185
ブッセ………………213
ブラウニング………214
堀口大學……………215
正岡子規……167、173
松尾芭蕉……………165
丸山薫…………59～61
水原秋櫻子…………170
源宗于………………186
壬生忠見……………187
三好達治……110～111
宮沢賢治………26～35
武者小路実篤…46～47
室生犀星………72～77
孟浩然………………193
森鷗外………218～219
八木重吉……116～117
山口誓子……………168
山上憶良……………181
山部赤人……………181
山村暮鳥………78～81
与謝野晶子153～156、
……………176～177
与謝蕪村……………166
吉野弘………134～137
良岑宗貞……………184
（よみ人しらず）…186
ランボオ……………216
李白…………196～201
柳宗元………………202
良寛…………………188
リルケ………222～223
ロルカ………224～225
ワーヅワース220～221
若山牧水……………173

題名索引

（五十音順）

ああ大和にし
　あらましかば……100
朱の小箱……………75
揚げ雲雀……………110
朝を愛す……………76
あどけない話………21
〔雨ニモマケズ〕……26
鸑のうへ……………111
一個の人間…………46
飲酒…………………207
ウェストミンスター
　橋上にて…………220
歌……………………130
海辺の恋……………107
永訣の朝……………29
（落葉）……………228
おもひで……………101
峨眉山月の歌………197
からたちの花………86
落葉松………………82
雁……………………62
頑是ない歌…………94
歓楽…………………56
汽車にのつて………59
君死にたまふ
こと勿れ……………153
偶成…………………209
熊……………………58
雲……………………78
月光と海月…………69
黄鶴楼にて孟浩然の
　広陵に之くを送る
……………………196
曠原淑女……………33
荒城月………………42
江雪…………………202
江南の春……………205
こころ………………68
小諸なる古城のほとり
……………………36
サーカス……………92
作品第肆……………114
雑草…………………132
寂しき春……………74
山中問答……………200
山林に自由存す……48
潮音…………………41
自分の感受性くらい
……………………160
自分はいまこそ言はう
……………………79
子夜呉歌……………201
シャボン玉…………215
春暁…………………193
春望…………………194
春夜…………………208
小景異情……………72
少年の日……………108
静夜の思ひ…………199
世界は一冊の本……143
絶句…………………195
そぞろあるき………216
素朴な琴……………116
太陽…………………116
竹……………………70
竹里館………………203
月夜の浜辺…………90
早に白帝城を発す　198
天……………………53
独逸には
　生れざりしも……50
道程…………………19
桃夭…………………204
二十億光年の孤独　123
人間に与へる詩……80
橋……………………138
はじめてのものに　105
初恋（島崎藤村）…39
初恋（北原白秋）…85

母をおもふ…………117
春……………………28
春の朝………………214
春の河………………78
帆船の子……………60
ひとりぼっち………124
表札…………………140
富士…………………147
冬が来た……………24
ふるさと……………73
星と花………………43
ぼろぼろな駝鳥……20
待ちぼうけ…………87
窓……………………112
マリアへ少女の祈禱
……………………222
ミニヨンの歌………218
〔水よ、お前は
どこへ行く?〕…224
水ヲ下サイ…………150
耳……………………215
都に雨の降るごとく
……………………226
虫の夢………………127
椰子の実……………37
山のあなた…………213
夕焼け………………134
雪……………………110
ゆづり葉……………118
夢みたものは………104
汚れつちまつた
悲しみに…………98
夜……………………45
落葉…………………228
旅上…………………67
涼州詞………………206
レモン哀歌…………22
わがひとに与ふる哀歌
……………………54
わたしが一番きれい
だったとき………157

文春文庫

教科書《きようかしよ》でおぼえた名詩《めいし》

定価はカバーに表示してあります

2005年5月10日　第1刷
2016年8月5日　第11刷

編　者　文藝春秋《ぶんげいしゆんじゆう》
発行者　飯窪成幸
発行所　株式会社　文藝春秋

東京都千代田区紀尾井町3-23　〒102-8008
TEL 03・3265・1211
文藝春秋ホームページ　http://www.bunshun.co.jp

落丁、乱丁本は、お手数ですが小社製作部宛お送り下さい。送料小社負担でお取替致します。

印刷・凸版印刷　製本・加藤製本
Printed in Japan
ISBN978-4-16-766085-7